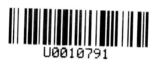

晨星文學館 — 47

李秀
Louise Lee Hsiu 著

Penghu Moon in the Well

井月澎湖

吳濁流文學首獎
高雄市文藝正獎

目次

In memory of my parents and

survivors of the Japanese

occupation of Taiwan

紀念 先父母 以及

臺、澎被日本殖民的苦難時代

Pondering my future with father

beside my mother's grave.

Forever writing about family relationships

will become my future.

和父親在母親墳旁沉思；

書寫親情將是我永遠的主題

三兄 李成在 攝影

The writer needs an address,

Very badly needs an address

That is his (or her) roots.

-----.Isaac Bashevis Singer

作家首要任務就是尋根-

----以撒辛格

只為尋找井底那片月光

李秀

父母少年時，正是臺灣被殖民的年代，流離困苦寫照每一個澎湖人的生命，掙扎求生是臺灣子民的課題。疲憊雙目，曾見證馬關條約的後遺。冷暖的生命，創傷的心靈，雖曾驚痛於時難的殘敗，但仍不免有刻骨銘心的傳承，而閃出幾許的柔光。

澎湖對現今少年人來說，只是戲水弄潮樂園，待東北季風來臨，又是一片沉寂；在經濟架構上，它只是人口外流的離島；從歷史探尋，它更是西班牙、荷蘭、日本、國民黨政府的化外之島；而我對澎湖的思考，則是從孺慕親情而來的。

澎湖子孫，對根探溯，是無可迴避的主題。基於和文字結緣，做為企圖記錄澎湖人文的我，入侵事件只是一個源起，在這之中突顯出來的是人，是對人性中一切隱秘的剖示和審現。大之於國邦的衝突，小之於家族兄弟的糾葛，均脫離不了人性的環結。

在歐洲殖民主義尚未偏於乖張之時，歐洲人寫歐洲以外文化，多半以遊記或風土人物誌傳述，如馬可波羅的《中國遊記》通篇充滿欣羨和驚奇；到十九世紀末至廿世紀初，歐洲作家則喜歡以「野蠻對文明」自以爲文明人的二分法看待歐洲以外的異質文化；可是廿世紀中期以後，他們開始承認一旦褪去了文明外衣，卸下了白人統治者面具，剩下來的根本僅是人性，而非種族的問題了。

就多族群的臺灣來說，作者勢必從融合出發觀照斯土斯民。融合的過程難免發生對峙、衝突，當恩怨成爲彼此共同的歷史經驗時，本土文化無法切割的主體，自然而然就呈現了。

澎湖在臺灣主體性凝聚、蛻動、移位的歷史進程中，從開臺主體退居爲以臺灣爲主體之下的邊陲。黑水淵深渡過多少移民，滄波興伏間，歷代的來路漸形湮滅不清；荒村棄島，老叟瘦嫗，是要瀕臨歷史的遺忘，還是要從現實重新加深記憶？

於是以思慕溯歸的情懷，完成這部十萬字的《井月澎湖》，從日本入侵開始作爲小說背景，傳遞兩個澎湖家族的生活歷史。

歷史事件，雖是過去，但傳到某一時代也是當世的先驗知識，當代對於歷史的見解各有不同的觀點。就大中國一統的立場看施琅與鄭成功，其二者的殺父個人恩怨，無礙於臺灣一統於中國，他們都是擴張中國封疆領土的英雄。但就臺灣主體的立場看，施琅是統派，鄭成功據臺抗清，不正是十足的兩個中國的獨臺傾向？

文學一牽涉歷史，往往陷入歷史迷陣，遭遇有史無文的窘境，這部小說雖從歷史沿起，但也儘量回歸生活縮影，人性彰顯而設身處地化做那時代的人。攀坡臨海，搜集史料，即使一句小小諺語，也求證多方，咀嚼再三，有時亦請陳燕參與推敲。只是創作過程「對話」曾是困擾工事，如果要求自然，那麼重現當時眞實語言是不可避免，況且國民黨語言政策推行所謂的「國語」，更不是他們熟悉的語法，像厚話（多嘴）、話屎（流言）、無事使（無價值）、拖屎連（辛苦累人）、創治（惡作劇）、凍霜（吝嗇）……等等，若不使用當時當地語，實難傳神，可是大量使用當時當地語又怕引起隔閡，造成時空限制。如何揑拿得宜，還眞要下一番功夫。事實上，澎湖語某些話很文言，好比稱你爲「汝」，討一些東西爲「討寡物件」……謹愼推敲之際，文字奧妙盡在其中，這也算孤燈夜思中的一項樂趣吧！

將近四個寒暑，《井月澎湖》才完稿。此刻澎湖已不再是抽象名詞，而是具體感受到那一長串的顚沛，我的血緣如斯眞實地過活在彼口歷史井月之中。井水如斯冰冷，日月照樣運轉，一井水一世人。小說中人物依舊踏著先祖腳印繼續前進，他們的子孫或許各自忙碌自己的生命旅程，無暇顧及先人的足跡起源。一代傳一代，生命似乎不斷在重覆，是悲是喜，都已不在話下了。也許歷史很容易學，學不來的是歷史的眞確。

不管如何，努力經營的這些篇章，不僅僅是愛情、親情，應該還有社會型態的轉變以及斯民對斯土的關愛。但願這把關愛種子，根植於西仔埔頂與天人菊同生吹拂，伴隨低度污染的海岸線，守候著這六十四個島嶼，像珍珠鑲映臺灣海峽之中閃閃發光。

感謝背後搜集資料的人讓我得心應用、王家祥先生能在臺灣時報寶貴篇幅給予連載，以及臺灣文藝的精彩選摘。完稿書序時，緬懷「母土」在跨越世紀之際是否能重新伸展盈涵的旨向？井水中那片照映過母祖的月光，是否也被我孺慕的眸光尋映到了？

此書於一九九六年在臺灣以華文出版，曾獲吳濁流文學獎、高雄市文藝獎。二〇〇二年以作家之名移居加拿大，爲紀念 先父母與台、澎被日本殖民的苦難時代，更想讓較多族群英文人士瞭解故鄉臺灣、澎湖，特將這本歷史小說翻成英文，並於二〇一一年在美國 Xlibris 出版 "Penghu Moon in the Well"。

華文版已無庫存，「晨星出版社」再版以饗讀者。再版將和英文版相同加入年代，使具歷史眞實；書中「對話」將修改更附「台語」味。另外，英文版自序和加拿大作家 Barbara Ladouceur 的評介，一併收入其中，以及配合馬公蘇崑雄市長二〇一一年美名運動將「馬公」改名爲「媽宮」。但願此版更趨完整和可讀性，以不負讀者的期望和厚愛。

讓我奉獻一些濃蔭給您

——《井月澎湖》英文版自序

李秀

世界上每個地方，總會有迷人的景點值得觀光。它們也許是一系列的山、豐富的歷史紀念館或是美妙亮麗的湖畔。每個國家都爲他們特有的景觀感到驕傲，並且大家都很樂意的談論著。而我的家鄉「澎湖群島」，她的地質地形豐沛多變，是一處面海的窗，美得令人讚嘆，不但是造物者的神奇圖騰，對我來說，更是與雙親連接的根點，因爲這個澎湃的大自然所在，充溢著父母的形影。如果沒有深入描繪她特殊的地貌和異乎尋常的海事驚豔，你是無法探觸到這塊大地雕塑的神奇。

澎湖群島位於臺灣和中國大陸之間，由六十幾個島嶼組成，多數島嶼低平且被峭壁所環繞，由於澎湖列島係由一系列的火山形成，多年來又被腐蝕的玄武岩漿和海沖積層的元素，而塑造成當前壯觀的外型。另外，澎湖海島的地位，遠古時代就扮演東亞航海的重要戰略中心、歐洲國家漁類源頭以及中國人遷移至另外一個新大陸的中繼站。

例如，西嶼鄉（Hisyu）位於澎湖西邊一個小海島，以捕漁業和採礦業爲主。主要出產烏賊、龍蝦、五顏六色的魚和淡菜，被歐洲人稱爲「漁夫的海島」。澎湖和義大利是世界兩大瑪瑙生產區域，但西嶼瑪瑙顏色美好、質量佳，更稱冠世界。而我，一個澎湖子女，喜愛搜尋玩耍沿海瑪瑙的活動，感覺這樣可以貼近對先祖的記憶。

外垵（Waian）位於西嶼鄉最南邊的小鎮，就是父母出生的血跡所在。早在一七七八年的第一個引導臺灣和中國大陸之間海上船隻的燈塔就建造在此，我渴望在這片臨海的大地奔跳、讀海，似乎這樣我才能眞實的捕捉少女快樂的記憶，因爲那時父母健在。另外澎湖又有「菊島」之稱，燈塔週圍遍地菊花，整片黃色花浪，不畏猛烈季風候和降雨量的缺乏，生長於痛瘠瘠薄土地，她照樣盛開迎風招展，象徵著島民剛毅、打拚的生命力，也似乎是父母早年生活的標誌。因此更是我成年後每次不論自臺灣或溫哥華回鄉最愛留連的地方。

有什麼地方能尋到如此巧奪天工的地質，五彩繽紛的魚種，一座被漁船依靠有如曠野裡的島嶼，她不時擲出鏗鏘迷人的韻腳？當然，不同的人對相同地方會有不同的觀感，是否她是我的故鄉而我有特殊的鍾愛？但我深信，從來沒有一個地方的景觀如此的扣人心弦、叫人肅然起敬！如果你有心想親近她，你會愛上她的。我兒子一個瑞士朋友他說，雖然他走過世界很多海灘，但西嶼沙灘令他驚奇和難忘。

從小對父母的依賴和害怕他們突然消失，我是懷著這種心態而長大。事實上，他們眞的離我而遠去，而今既使他們過世幾十年，午夜夢迴尋不著慈顏依然叫人惆悵心悸。爲懷念他們，早期於臺灣出版一本長篇小說並獲兩種獎項（吳濁流文學獎及高雄市文藝獎），也曾被廣播電臺盜播兩個月之久的《井月澎湖》。

這本小說劇情是從雙親出生地「外垵」開始，到他們移民至臺灣「高雄」，作一個生活歷史的結合；從馬關條約簽訂，到日本入侵澎湖、臺灣作爲小說背景。自描述李祥（祖父的化身）爲起點，到李子山（父親的化身）過世，傳遞澎湖李家和許家的興衰糾葛，見證殖民時代的悲歡歲月。其實書中李家（Lee family）是我父親的家族，許家（Zhu family）是我母親的家族。

著名評論家葉石濤先生曾評論《井月澎湖》是傑出的歷史小說，它有六大特色：

1. 充分反應臺灣各階段歷史的時代、社會的變遷，從清末到一九八〇年代。透過民眾日常生活的細微末節反映異族統治下澎湖民眾的愁苦。澎湖列島地方史是臺灣整體歷史情境的縮影。
2. 透過澎湖婦女悲慘的生涯來控訴封建制度下臺灣婦女無人權的生活狀況。
3. 民眾的媽祖信仰及各種宗教活動均刻劃入微，是一卷臺灣民俗圖繪。

4.這本小說也是海洋文學，描繪四面環海的澎湖人以海維生，和海岸生態是密不可分，但耕種是次要。
5.善用母語，表示本土性的重要。
6.注意到臺灣是多種族社會，小說人物具多種族背景。人物刻劃栩栩如生，給小說帶來複雜的光和暗交錯的表現。

感謝葉老的評語，他可以探觸到本書所表達的重點，更感動他說到我心坎深處。

曾有記者問我寫作有否使命感?寫這麼多年，從來沒有想過使命感，只是感到人類千古不滅的情感，一直主宰我們的生活。從友情、愛情，到親情，始終是人性底層最掙扎課題。而我執著親情，對雙親近乎病態的依賴，十本著作幾乎以親情爲主軸，《井月澎湖》更是發揮到淋漓盡致。

從感念父母到追尋父祖的澎湖，可說是投入文學書寫始終不離的主題，經歷四個寒暑，此刻澎湖已不再是抽象名詞，而是具體感受家族綿延的顛沛，我的血緣如此眞實生活在那口歷史井月之中。感激臺灣詩人無葉豐富的歷史書庫讓我應用，使本書更具歷史眞實。如今移居溫哥華十多年佔英文語言的地利方便，我又花了兩年時間將之譯成英文，讓更多種族了解我的故鄉；感謝加拿大作家Barbara Ladouceur爲本書的英文編輯；此外我也將自己一系列親情文章、童詩、臺灣詩人的作品翻成英文，有些刊在當地報紙和入選北美詩刊，並獲讀者回應。我欣賞這種說法：「在異鄉寫自己的母語，可消除思鄉的痛苦」，於是我又將童詩翻成臺語文。「I come from Taiwan; my hometown is Penghu」是我的口頭禪。親友問我住在溫哥華會不會想念家鄉，我就是這樣努力用功來回應家鄉的呼喚。

期望我的文學，幫我展現對祖先的崇敬，以及我美麗的家園澎湖像珍珠鑲映臺灣海峽之中閃閃發光。當我知道某事是壯觀美好，第一件事想做的是分享朋友，進而傳播至更遠的國度。我知道果實的奉獻是珍貴的，花的奉獻是甜蜜的，讓我姑且做一片葉子的義務，謙卑地奉獻一些濃蔭給您！

寫於加拿大 溫哥華

重返童夢的故地

——評介李秀的《井月澎湖》

無葉

歷史上廣義的臺灣人，是由先後遷入的移民匯集、涵融而成的。當然依化石出土所驗證的舊、新石器時代的臺灣人，迄今仍無法證明其存活於臺灣是原生的或自外移入的。此外無論考證自南島太平洋或南亞區域隨潮流飄移至臺灣的山地九族，及已經湮滅的臺灣平埔族，都能確定由外來臺。至於明清以降自中國分批大量渡臺的漢化越族，更可確定是典型的移民潮。

因此臺灣歷史的原質即是移民奮鬥的歷程。臺灣文化的原型即是移民文化的相互衝突對立與吸納融合。從日本、中國海寇與平埔族鬥爭，荷蘭人與平埔族鬥爭，郭懷一領導漢人抗拒荷蘭與平埔聯軍，或鄭荷交戰，荷西兩國在北臺灣的競逐，或滿清擊潰明鄭，清朝領臺後的朱一貴、林爽文事件，閩客械鬥、漢人入侵九族山地，日本據臺五十年，臺人武裝與文化的抵抗，迄一九四七年的二二八事變……等不勝枚舉的例子，皆屬以政治、經濟利益所主導的文化衝突原型。

這種文化衝突原型，曾先後出現在臺灣新文學的作品中。賴和的〈一桿稱仔〉、楊逵的

《送報伕》、吳濁流的《亞細亞孤兒》、鍾肇政的臺灣人三部曲：《沉淪》、《江山萬里》、《插天山之歌》、李喬的寒夜三部曲：《寒夜》、《荒村》、《孤燈》等小說即是眞實的寫照。

八〇年代臺灣文學在「鄉土文學論戰」前後，小說家的視點凝聚在工廠、農村、漁港。楊青矗寫出（工廠人）、王拓寫出（金水嬸）、宋澤萊描繪（打牛湳村）、曾心儀刻畫女工（彩鳳的心願），都對資本經濟壟斷加以批判，充滿反省社會的公義。九〇年代隨著政治解嚴，社會價値日趨多元，臺灣主體意識逐漸呈現，文壇出現環保小說、政治小說、女性小說、同性戀小說、原住民小說、情色小說、後設寓言小說、大眾小說……等繁花盛開的文學景況。

即將邁入廿一世紀的臺灣文壇，主體與多元成爲發展的兩大元素。在臺灣主體的強化下，臺灣意識逐步在中國意識壟斷下突圍，多元的屬向促使去離中央，解構舊體制、舊秩序的地方活力逐步釋放，於是被忽視的邊陲，成爲臺灣文學的新領域。我們可以從舞鶴的《思索阿邦卡魯斯》、呂則之的《海煙》及《荒地》、葉伶芳的《鴛鴦渡水》看到這股訊息。

最近李秀的《井月澎湖》，文長十萬字，更從臺灣本島以外的邊陲澎湖，開始探索澎湖人移民臺灣在高雄奮鬥的生活史。

這部小說共分六章，廿五節。第一章井月，含火㷗生活、黎一仁、許家情怨、金瓜拆灶、水燈、一井水一世人共六小節。第二章外按情事，含暗窩、金瓜冤、返鄉做大人、女願媳心四小節。第三章入船高雄，含李子天、空房騷動、李子山、勞碌鴛鴦四小節。第四章顛倒歲月，含風露草枝、澎湖兄妹眼中的日本人、空襲下的生死疏開三小節。第五章浮亂港都，含殘月他鄉、遺忘父祖的人子、打狗受難、死之花攀爬心圃頂四小節。第六章童夢的故地，含分家爭產、韭菜還願、返厝作墓、回到童夢的故地四小節。時間從一八九五年馬關割臺日據始，至國民黨統治的一九八〇年代。空間以澎湖、高雄爲主，部分牽涉中國天津。李秀刻意淡化歷史爲襯托，用微觀的角度，刻劃澎湖李氏、許氏兩大家族的興衰恩怨與糾葛。回歸人性的原點，推演這段澎湖人移民渡臺的經驗。

〈火煲生活〉中人們拋棄的魚鰓、魚肚，歷險所拾的螺螄，挖撿山埔殘留的土豆，維繫李祥嫂與幼子李子山、李子天的活口生計，爲了讓孩子能夠吃飽，忍痛將李子天送給呂家做童養婿，這種三餐無以爲繼的窮困，是臺灣人過去共同的惡夢。李秀的筆觸是澎湖特殊環境所產生的。

> 躍身探探窗口，已是破曉時分。不見門後的斗笠，娘已出門。腹肚又開始餓，到灶腳掀開鍋蓋，有一小碗土豆，不知娘吃了沒？昨日彼尾魚呢？娘已醃好置在牆櫥最高的那一層。

伊想趁早去撿螺……其實身軀頂住大石，腳跟伸入石洞，就很穩當了，因爲彼邊有較濟怪石，是各式樣的螺喜愛隱藏的所在，伊用全身力氣翻動一塊大石時，即刻呈現密密麻麻的螺……但只要頂住石頭，根本不必站在水中啊！一腳跨過去，才覺得滑溜溜站不穩，不敢大意決定再跨回去，腳尖一滑，被一股不很大的浪潮捲了下去，拚命掙扎幾下，迅速無氣可呼吸……」（見〈火煲生活〉）

李秀在「許家情怨」這節，提到許氏大家長許佛續這位舊知識分子，面對朝代改變，接受日帝統治籠絡的前因後果：

日頭赤焰焰照在石牆，折射到許旺家大廳前紅布簾……許老幾分不自在，已被全村驚羨的眼神和門庭若市的鬧熱氣氛沖散，當年赴臺趕考，不也渴求著「十年寒窗無人問，一舉成名天下知。」的風光，雖名目不符，風光卻一樣。撫著直徑約一寸的白銅質鍍金圓型紳章，平面雕有日章及紳章字樣，加上好久不在同一屋簷的許典全家也統統趕到，老先生直捧山羊鬍笑呵呵。是歡喜全家大小團圓？或是被日本仔器重到而滿足？

原先很認眞佩用，漸漸發現那僅是一種虛有制度，利用人性虛榮弱點安撫人心而已……因此情緒一落千丈，……看著日警的吆喝，看著同胞的驚惶，原本生活就很苦。……不到一年，一個秋天的夜晚，那是非不分的重擔，壓得許秀才再也直不起來了。（見〈許家情怨〉）

舊式知識分子察覺殖民者的面目後鬱鬱而終。從〈金瓜拆灶〉裡帶出隨李祥武裝抗日的許典，在溫水溪之役中彈身亡，李祥也亡命唐山。四、五十年來，李祥的中國經驗是，在中國人的眼中臺灣人和朝鮮（高麗）人的地位相同。雖是同文同種的漢族，卻成了道地的異族敵僞。

凡屬朝鮮及臺灣人之私產，由處理局依照行政院處理敵僞產業辦法之規定，接收保管及運用。

「國民政府對我們另眼看待我沒話說，對你們（臺灣人）怎麼可以這樣，都是自己人嘛！」朴泰祺充滿高麗人的義氣。（見〈殘月他鄉〉）

戰後李祥經平津臺灣同鄉會蔡堆的幫助，自天津搭海蘇號返臺灣基隆，不久即因蔡堆被認爲是共產黨人，而受牽連關入高雄壽山腳看守所，七十幾歲的老李祥就此因氣喘而死於獄中。一個臺灣青年從抵抗異族日本，到認同母國中國所遭受的「悲劇原型」，除了隱然籠罩李祥的生涯之外，還延伸桎梏臺灣長達四十年戒嚴統治下的白色恐怖。

據官方說，丁少將有匪諜嫌疑，在臺灣隨便娶一位臺灣女郎作掩飾，而且與臺共分子有接觸，十二月底被海軍軍情局半夜中暗暗的來個突押，並以「涉案人多，偵訊費時」爲由，等不到移送法庭審判，更無申訴機會，這位李家女婿就這樣在一九五三年二月十八日連同和他交往密集的同袍十一人，午時時分青天白日下，一槍斃命倒臥於滿地紅的左營泥土上。

鮮血滴落在左營桃子園地，那團團的紅泥好比蓮子阿爸鋁氧廠外那堆積如山的紅泥。李子山說鋁礦在提煉之前先要磨碎，就像食物先要咀嚼才能消化。磨成的礦粉再以蘇打水混合成礦漿，顏色是紅的……誰又知道其中含有寶貴的氧化鋁呢？而那「死之花」不時攀爬在這塊泥地上，誰又知道其中含有多少的冤屈呢？（見〈死之花攀爬在心圃頂〉）

李秀在〈死之花攀爬在心圃頂〉這節巧妙運用象徵手法描述李祥的孫養女婿，一位海軍丁少將涉嫌匪諜而受難的始末。

除了籠罩大環境的統治約制外，最切身的還是移民歷程中的現實生活，李祥因反日而過一生亡命的生活，他的孩子李子天、李子山，則分別表現出臺灣人人格中妥協與堅忍的典型。他們雖然都各自面對生活奮鬥，但李子天善於巴結攀引日人，與李子山正直不阿，硬氣憨實，兩者更是截然不同。李子天對父親李祥的冷漠與李子山事父母至孝的節義則是強烈的對比。但到了李子天、李子山的下一代，眾兄弟為了爭產，彼此貪婪私佔，反目成仇，則已不僅限於臺灣人性格的問題，而是人性共同的困境。

以上是《井月澎湖》中的男性形象。至於女性形象，祥嫂與媳婦秋素足具代表。她們用無怨悔的青春，維繫李氏家族三代的生計，在瑣細的生活史中，個人的內心世界充滿壓抑不為人知的波濤起伏，男人、子女與家族的轉折，沒有一項不是以她們的血軀做為轉寰或研輾的「磨仔心」（石磨軸心），人子享食磨出米漿所蒸煮成的甜糕時，又何曾念及妻母們心靈暗室的幽情呢？李秀就以其女性天生的細膩同情刻畫出祥嫂：

伊轉身將肚臍白白的細囝拉下衣衫，隨後習慣性移步至左廂房，見山仔弓著身軀睡得正濃。瞇著眼探探窗外，距天亮尚有一段時候，近來過了半夜即睡不著，眞的老了。想起伊一世人，自小就乖乖坐在板凳，大氣不敢哼的被纏腳，家道貧窮要幹活無法纏得徹底，腳盤總比別人大許多，十歲過繼李家作新婦仔，大伊三歲的祥兄，第一日直瞪著伊的腳盤，彼時紅著臉抂命藏起這雙比三寸金蓮嫌大的腳盤。……爹去世百日內，厝內還瀰漫悲悼哀痛時，娘將伊和祥兄送作堆，美其名開始夫妻生活，實際上僅是祥兄的擱腳枕頭，月經期也不放過，伊從未感覺做彼款事是爽快的。生囝吃母奶更是要命，吃奶半年內奶水最充足，大約三、四小時不吸出來會膨脹得叫人無法消受。有一遍，生平的一遍跟伊往媽宮看望年老阿太，囝兒不在身邊，乳水脹得凸肚短命的苦痛，忍無可忍只得拜託幫忙吸出，伊當場譴責「大面神」即揮袖而去。做查母人眞不値呀！平時奶仔隨伊吸，隨伊拿捏，生囝後飽滿的乳房更引伊無限慾念，隨時要應付伊坐騎，儘管自己爽快，卻不爲對方解除苦痛，查埔人攏是這款樣？日時操勞伊不怨嘆，暗時的房事伊悶悶在心內。（見〈一井水一世人〉）

祥嫂守著活寡，黎一仁生前帶給她短暫的歡樂，黎死，祥嫂牽子過一世人，晚年目盲背僂，一生的怨氣藉酒傾洩到秋素的身上。

「嗚！嗚！我眞歹命，想欲討一嘴酒來止痛，好比乞食相像，欲死就緊死，毋通佇遮拖屎連哦！」娘的哭叫聲將秋素的心提吊到半空中，伊突地趴起顧不及頭殼一陣暈眩，慌亂尋找米酒蹤跡，雖然米酒缸內空空無半滴，幸好子山和換帖朋友前些日喝酒還剩半缸，隨即倒入碗內，小心翼翼捧往祥嫂面前：「俺娘，酒來了。」

……

「天壽哦！欲害死我就明講，竟然用臭酸酒予我啉！天啊！地啊！汝就予我緊死死咧！」

……

子山氣撲撲，鬢邊爆突條條青筋，雙目滿布血絲，跳到昏黃熱滾滾灶壁揮起右手，咬緊牙床「啪」一聲落在爐邊滴滴汗水的臉龐，秋素丟下鍋鏟，撫著火辣辣左面頰，忍氣吞聲，低著頭，一溜煙從後門奔走。（見〈打狗受難〉）

秋素不僅身負李家生活重擔，更時時惦著娘家許氏瀕臨絕嗣的祖墳無人照應，她最大的心願就是返外筊替父母兄弟造墳，可是得不到夫婿子山的諒解，雖然勉強完成返鄉修墓，秋素回到高雄後，不明究裡像中邪般纏臥於病榻，終至投繯自縊。李氏移居高雄，子山一家從無到有，秋素捕魚、替人洗衣、養鵝、爭取購屋、將房子出租美僑，收美元租金，以改善生活，卻在不明不白中突然結束她的生命。其中一定隱藏無數久被忽略的臺灣女性悲情、孤弱、委屈的心理纏結。

如果讀過李秀的散文集《愛的心弦》（鴻蒙文學版、一九八七年）書扉寫著父親八秩壽辰留影，背面：

你寂靜地走了
拋下風雨後瘡痍的澎湖
遺留您在海邊撿拾的貝殼給我
如今，讓我怎麼去觸撫貝殼的虛空？
外面的水天依舊鬱藍，
爸！
鬱藍得令我不禁悲哀起來

——獻給先父李善先生

文集中〈爸爸會迷路〉、〈澎湖，我的母親〉、〈有花的世界〉、〈下雨天〉、〈爸爸，我們比您聰明〉、〈親恩淚痕〉等篇章，可發現凝聚李秀心理世界對雙親的「孺慕情結」。《井月澎湖》的許多「情節」，都不斷表現出這些「情結」。〈空襲下的生死疏開〉，可以在小說〈空襲的那一段日子〉（見李秀著《梅花引》）看到雛型。從短篇小說，〈墘仔埔頂有水了〉（見《梅花引》）中許明昌與母親玉琴的澎湖外垵經驗，早已寫下《井月澎湖》中〈火煲生活〉的序幕。〈止於至善〉（見《梅花引》），更是李子山家族在高雄奮鬥的縮影。秋素〈韭菜還願〉〈返鄉作墓〉後上吊自盡，衝擊最深的是女兒李蓮子，整部《井月澎湖》可以說是李蓮子個人的成長經驗與父祖的移民生活史。

日內瓦學派接受文學「描述人類的意識」的基本主張，認爲人的意識是一種自我與世界的關係，一個生活世界或人的經驗的網絡，文學作品的作者變成一個以其想像選擇和轉化他的生活世界的構成元素，而從中創造出一個虛構的建構（宇宙）的人。美學家杜弗蘭（Mikel Dufrence）在《美感經驗現象學》（Phenomenology of Aesthetic Experience）一書中主張文學「展現」（Exhibits）它的作者。作品的「表現性」（Expressivity），使作者呈現於作品本文之中。審美的感知者在作品本文的世界中，尋覓作者表現的投影。

李秀在小說的文學世界中移情她初始的「孺慕」，從個人懷思的雙親，到雙親日夜惦慕的故地澎湖外垵，從「情結」到「情節」，再到小說所建構的「情境」，可以說是穴脈連通，時顯時伏的族情感應。這股「孺慕」始終構築成李秀的小說文學意識。

《井月澎湖》中，許旺死於美機的轟炸，子許嶺死於海難，僅存獨女許秋素嫁入李家，許氏家族至此可說已經絕傳。李子山與秋素生下四男一女，收養一女春里。李子天與元配呂順生一子，與二房高招治生五子。李氏第三代有多名受過現代教育留學國外，時值一九六〇年代末，邁入七〇年代的臺灣社會逐漸工業化，加工出口導向的經濟促使城市人口不斷集中，農村人口外流，社會價值取向變化迅速，人與土地的親密性漸趨疏遠，政治的認知和文化認同的差別擴大，對統治體制選擇靠攏與對抗的殊異甚深。這些課題對於《井月澎湖》第三代剛登場的主角人物，都是即將面臨而無法抗拒的臺灣大環境的選項。

如果對《井月澎湖》有所期待，就是盼望李秀能繼續以蓮子這個角色，全知的女性自覺，除了反省臺灣女性的舊宿命，開拓新女性的前程之外，更能讓這群李氏新世代面對黎明前臺灣各種境遇的洗禮。

當我們發覺臺灣一般家庭中很少保存百年以上祖先的遺物，以及臺灣環境中很少有超過百年以上的建築，即使殘留幾處樣板遺址古蹟，也被修理得面目全非時，這都足以證明臺灣人是活在自身歷史的宿命中，而患上集體無知的歷史失憶症。當記憶再三被殖民政權更替所剷除，歷史根源不斷隨經濟功利掛帥而遭忘棄時，人人都知道仰首可見長谷世貿五十層大廈，是由長谷建設澎湖人的財團所興建，高雄政圈的派系有澎湖派，但有多少人能瞭解高雄前金區毗鄰漢神百貨與大立伊勢丹百貨之間曾有個叫「澎湖社」的社區，早期的移民部落，應是許多都市人失憶的歷史。

李秀寫出《井月澎湖》，用眞心療治失憶的歷史，催喚著人們開始走尋各自那將被遺忘的童夢的故地。

英文版「Penghu Moon in the Well 」推薦序

聯繫在同甘共苦之中

Barbara Ladouceur

中譯者：李　秀

臺灣！我從未到過，也從未想要去參觀。它給我印象僅是龐大中國旁邊一個小島國家而已。有許多產品來自臺灣，想像中，充其量臺灣只是一個布滿工廠的地方，更遑論有美麗如畫的事物了。但是，當我讀到李秀小說《井月澎湖》，她史詩般的撰述臺灣、澎湖迷人的景物，確確實實改觀我對臺灣有限的認知。

根據所知，臺灣曾是中國一部分，直到共產黨接管中國，蔣介石流亡到臺灣另組一個政府。實際並非如此，透過在地人的生活經驗，我隱約知道那裡人的貧窮和富有、年輕和年老、好和壞、男和女的一些印象。然而李秀這本小說讓我大開眼界，它不僅充滿了精采的史實，更重要的，透過她扣人心弦的描繪，讓我們更詳悉世代眞實的事蹟。臺灣的男女老少，在被日本殖民物質缺乏和危險的戰爭年代，他們如何努力、掙扎在臺灣和日本之間，相互緊密的生活，並堅持維護家庭的連結。

李秀藉著澎湖兩個家族，發展出兩條平行線所延伸的事端，開始揭露比我想像更豐富的個人經驗和臺灣政治文化的層面。從澎湖群島的小漁村——外垵，到一個繁忙的臺灣海港城市——高雄，李家和許家成員，在這之間長大成人、墜入愛河、養育孩子以及保護雙親，直到最後埋葬長輩和繼續他們的家產，再尋著前輩的腳步教養子女……等等。一個永無止盡的生活榜樣，就這樣在這個世間不斷的前進、輪迴。

欣賞李秀詩意般獨持的描寫，由環繞視野的反射，能感受到各式各樣的曠野、濱岸線、海洋、星星、甚至太陽和月亮。也許不能眞正觸及，可是由她寫自已家族強烈情感的表述，可以完全叫人體悟到不同的形式，反映在父母孩子、丈夫妻子、姐妹兄弟、朋友敵人和陌生者之間的愛恨情愁。她的小說肯定了人類全部被聯繫在同甘共苦之中，成爲一個永無休止的旅行，因爲人們終究要回鄉、歸根、尋到隧道盡頭之光爲止。

在閱讀這部小說的歷程，我跟著兩個家族、四個世代來造訪臺灣、澎湖。過程中，學習到臺灣原來有她更深長、更豐富的歷史背景，因而打破僅從中國方面而來的簡陋介紹。現在更知道，臺灣並非我先前的刻板印象，只是一個充滿許多工廠的小島而已。也就是說至少那裡有一個可愛的澎湖群島，周圍還環繞著六十幾個小島。透過作者的眼睛，我們看到臺灣、澎湖那縈繞在心頭的澎湃美麗，進而渴望到那塊天地去翱遊。特別隨著李秀的足跡去尋訪，那海洋的脈動，循著遍野的菊花小道，去感受臺灣、澎湖人，如何善用堅韌的毅力生活在那塊土地上。基本上，這就是作者所要撰述的理念，因此這本書給我們無限的啓發和學習。

人物關係表

李府

- 李祥（夫）1874-1950
- 祥嫂許欉（妻）1876-1960
- 黎一仁（祥嫂愛人）1874-1918
  - 李子天（夫）1902-1956
    - 李呂順（妻）1902-1958
      - 李連源（子）1924-1982
    - 李高招治（妾）1904-1958
      - 李連一（子）1929-1992
      - 李連二（子）1930-
      - 李連三（子）1931-
      - 李連四（子）1933-
      - 李連五（子）1935-1988
  - 李子山（夫）1904-1986
    - 許秋素（妻）1904-1959
      - 李連仁（子）1929-1992
      - 李連義（子）1931-
      - 李春里（養女）1932-
      - 李連禮（子）1933-
      - 李連智（子）1936-
      - 李蓮子（女）1940-
  - 黎子松（子）1910-1990

許府

- 許佛續（夫）1855-1901
- 許太（妻）1857-1894
  - 許旺 1876-1944
    - 許旺的妻 1877-1924
      - 許嶺（子）1902-1925
      - 許秋香（女）1903-1958
      - 許秋素（女）1904-1959
      - 許看（子）1908-1939
  - 許典 1878-1920
    - 許典的妻 1880-1921
      - 許勇（子）1907-1957
      - 許發（子）1908-1958

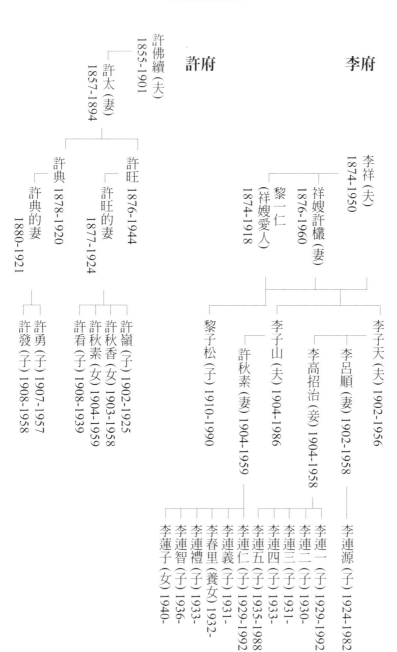

序幕

一九九六年夏天

船離開高雄港將近三個鐘頭，甲板上蓮子的頭髮迎風披散，強勁的千島海流在澎湖水域的臺灣海峽形成一股黑水溝。貿易風向決定海水的顏色，海面魚鱗斑紋渦流連連，船舷在起伏晃盪中破浪挺進。

澎湖人欲往臺灣討生活，在尚未面對千迴百折的風霜之前，首先要歷經黑水溝險惡的試煉。就像昔時帆船一入渦流疊波中，船舵將失去控制，漂流晃盪不知所往。如再遇颱風、暴潮、颶風交相侵襲，行駛在這茫茫海峽上的人命和船舶，就不僅僅是海水變色而已了。

蓮子遙望來回穿梭臺灣海峽的點點船隻，心胸隨著澎湃的浪濤，湧動著祖先們自年幼即口耳相傳的鄉里情事，那些悲歡、恩怨，不論直接或間接的深藏在多年來的記憶之中，此刻沈緬於返鄉的情愫裡，禁不住的濕透臉頰，分不清是海水或淚水，在那遙遠的年代，伊彷佛清楚地聽到祥嫂急切的在呼喚著囝兒「山仔」的聲音……

Chapter 1

井月

（1894-1922）

1-1 火煲生活

一九〇九年秋天

「山仔！去後頂厝討寡人無愛的魚鰓、魚鱗、魚肚。」撿回別人的丟棄物，他們視之爲珍品。有腥味調配，霉氣薰人的爛薯籤便不致那麼難嚥了。

聽到娘的吩咐，子山擱下手邊牛糞塊，手腳伶俐的持著破舊烏黑的罐子，跑去大人宰魚的地方。通常都能順利撿到，這一天是來遲一步？或無視日頭赤焰焰下一個瘦弱孩童渴盼的意願？他們已把取下的魚渣，統統掃入火煲①了。子山滿臉通紅，急急衝返去，氣喘喘嗚咽訴說著。做娘的安慰道：「無要緊！洗洗就好了，去撿返來矣！」伊實在不情願，血淋淋、濕漉漉的軟物件，都已丟進亂七八糟的垃圾中，如何撿啊？抬頭觸及娘鼓勵的眼神，伊只好又抓起瓶罐，走向那塊腥氣沖天的所在。

①火煲：煲ㄅㄨˊ台語音，意指垃圾場兼廁所。

「子山！歹撿啦，等一下阿伯提一尾予汝了。」正當伊頭栽入火煲努力尋找時，身後傳來慈善聲調，烏暗的心頭即刻轉爲晴朗，伊感激的仰望著冬伯仔，歡喜的展開著眉頭，然後乖乖坐在厝角等候。伊有點迫不及待想飛速告訴娘，咱有眞正的魚吃了。

從阿伯粗壯的手中將魚小心翼翼接過來貼在胸前，三步併兩步，想用奔的，又驚魚摔落來。心口砰砰響，尙未到厝，即興奮喊著娘！娘！

「恁娘去後山埔撿土豆，叫汝趕緊去。」

聽了隔壁阿婆的話，伊抓起籃子，往北邊山丘跑去。遠遠望到娘匍著身軀認眞翻找土豆，風眞大，伊使盡全身奶力，向娘的方面叫著：「咱娘！厝裡有一尾魚哦！」隨後伊發現一簇死藤，收成的人看到地面無莖葉，就無在此處下耙。伊用力拔掉枯藤，小屁股趴跌在土溝，白仁仁的土豆即刻現眼出來。伊驚喜的將視線投向娘，然後放心的想把它剝開，但硬得他手指酸痛，將泥土撥掉，放入嘴裡用後牙一咬，嗶剝開了，生生澀澀也有甜味，嚐過後，挖起來有勁多了。

「即馬才來，日頭攏欲落海了。」娘發現伊，隨即一揮手，伊順勢擦了一下鼻涕，「咻」的奔了過去。

「娘！阿冬伯仔予咱一尾魚仔。」興沖沖又提起，滿以為娘會歡喜，卻見娘淚光閃爍，頭頓了一陣才說：「好好醃起來，予汝慢慢仔配蕃薯籤。」伊頻頻吞口水，好希望現在就返去。但望著娘蒼白的唇，伊怯怯的講：「咱按呢撿，土豆園阿伯敢會講話？」

「厚話！」②娘即刻叱責過來，見伊驚惶款樣，隨即緩緩說道：「無撿出來，以後嘛會發芽，糟蹋物件。」

今日收成不佳，娘的籃子只有一小撮，最近土豆伯較精明，挖得眞徹底。天昏地暗，遠處漁船燭光已亮，伊再度感到肚餓難挨，懇求娘收工返厝。凌厲海風，掃盪餓腹的身軀，有如曠野裡的菊，隨風顫搖。循著小山路，母子蹎蹎頓頓落來，走到巷底，娘叫伊先返去，鍋底尙有一碗蕃薯籤，娘去義叔仔厝，辦了事即返來。

娘腳步沉沉踏入厝內，僅追問有燒香拜拜無？隨後僅喝幾口番薯湯就躺在眠床，伊憂心忡忡凝望著老母。

「明仔載愛坐早班的船到媽宮③。」娘講話聲氣無力。

「做啥？去赫遠。」差一點又掉下眼淚。生這大漢，娘從未離開過，除去

②厚話：多嘴。

③媽宮：即「馬公」。

後山撿土豆、撿柴或到前海抓螺螄外，攏在就近隨時可以見到娘熟悉的身影。但是去媽宮還要坐兩點鐘的船，看！風浪那麼大，娘的小腳，如何走遠路，想到此，大滴目屎滾滾流落來。

「查甫囝愛哭！以後大漢欲按怎!?」

伊抱著大兄的枕頭，偷偷流淚，流出的鼻涕未擤很難過，伊故意翻一個大身，藉著床吱吱喳喳響，遮蓋了擤鼻的聲，就這樣輾轉反側中進入夢境……

通過一道暗射線，伊被一股強烈的牽引力，駕空飛騰到東邊的碼頭海口。許多漁船從海各方面集合起來，它們像聞味而集的蒼蠅。層層疊疊匯湧在一起，其中甚至還有從水平線的空屋角落駛來，它們使一大片蒼白的海面熱鬧起來。一大批人接踵從甲板跳了出來。其中有一個突出魁梧的人，兩手提著滿袋的魚，笑咪咪的直盯著伊，這不是阿冬伯嗎？但伊卻脫口而出「爹！」娘說過伊四個月大時，爹就到臺灣了。這個人千眞萬確就是爹，聽！伊在喊「山仔」，是了，是爹。伊邁開腳步，撥開層層人群，卻老是被人浪沖回原來位置，伊急得拚命吼，吼得海浪洶湧，就是吼不出半點聲響，使勁一衝，卻衝醒了自己，睜開重重的眼皮，鎮了鎮亂紛紛的魂魄。躍身探探窗口，已是破曉時分。不見門後的斗笠，娘已出門了。腹肚又開始餓，到灶腳④掀開鍋蓋，有一小碗土豆，不知娘吃了沒？昨日彼尾魚呢？哦！娘已醃好置在牆櫥最高的那一層。

伊想趁早去撿螺螄，準備一個大罐子，要裝滿才返回，反正娘日頭落海後才會到厝，伊要給娘大驚喜。

娘總是叮嚀，不能越過這三塊大石頭，到彼邊撿螺螄。其實身軀頂住大石，腳跟伸入石洞，就穩當了，因爲彼邊有較濟怪石，是各式樣的螺螄喜愛隱藏的所在。伊用全身氣力翻動一塊大石時，即刻呈現密密麻麻的螺螄，這下可樂了，一會兒罐子已不夠裝，伊先返厝倒在鍋中再來撿。

有一遍娘講的「危險地帶」經驗後，膽量也壯大起來，絕對記住娘的吩咐，水淹過胸上處不下手。但只要頂住石頭，根本不必站在水中啊！一腳跨過去，才感覺滑溜溜站不穩，不敢大意決定再跨回去，腳尖一滑，被一股不很大的浪潮捲了下去，拚命掙扎幾下，迅速無氣可呼吸……

「我雄雄感覺袂喘氣……無關係啦！隨時就好了。」許義見祥嫂捧著胸口蹲在下面，伊也蹲落來關心，祥嫂眞歹勢的揮一揮手，表示不要緊。

④灶腳：廚房。

「緩緩仔來，起初時大概袂習慣。」許義彎下腰小聲對祥嫂講，隨後熟練的對濟濟的人群吆喝：「來哦！新鮮的魚，一袋單那三文錢……」音量十足，招來不少生意。祥嫂想，假使賣掉兩箱，伊可以分十五文，等伊有本錢，也可以和許義相像，賣兩箱淨賺三十文，彼時伊母子就較好過活了。

另一角勢突然人頭鑽動，身軀紛紛散開來。許義見狀趕緊抓起魚丟進箱仔內，嘴裡吐出抱怨：「以前會使佇遮賣，即馬就袂使，幹！駛伊娘咧！靠家己的本事賺錢也犯法？這群四腳仔⑤食人夠夠。」一面提著袋子匆匆逃開。祥嫂舉起纏過的腳跟在後面奔跑，氣喘喘。

在外垵伊曾見過頭戴圓盤帽，身著黃色制服的阿本仔⑥，由於言語不通，總是敬而遠之，也不曾發生過不愉快事。今日在胸口鬱悶底，真實體驗對陌生事物的恐懼。恐懼中牽掛起囝兒來，不知心肝囝規日攏做啥？

碼頭有個呂氏工頭，也常遭日警干涉，伊總是不稍屈服，人稱「打死無退」的勇士，許義想去找伊助膽，解決往後的問題，否則東一個阻止，西一個不行，如何生活？另外又有人勸解說：「外交若學有起，免驚無柴加無米。」

好不容易望到海上駛來返外垵的船，祥嫂無心聽彼款查埔人的官廳話，伊

⑤四腳仔：日本人。
⑥阿本仔：日本人。

一心想著厝裡的狀況，往後不想再到媽宮了，或許學種植亦可以活。

一雙小腳尚未踏出甲板，遠處即聽到有人喊叫：「害呀⑦！趕緊啦！恁後生摔落海，予一个唐山仔救起來，這陣擱昏迷中。」胸口緊縮，頓時腳底踏不著地似的頭暈目暗。

「鼻孔血已止了，燒熱漸退，就比較安心。好在伊穿紅褲，才引起我的注意。伊命眞大，不用煩惱了。」黎一仁連比帶畫操著福州口音傳遞伊的意思。

紅褲是伊一領舊衫改過來的，多謝尪公⑧！

面對眼前這位救命恩人，也是陌生人，卻有無比的親切，雙手緊緊抓住對方猛叩頭，像見到久年失散的親人。

---

⑦害呀：唉呀之意，指匆忙報告壞消息。

⑧尪公：神明。

1-2 黎一仁

一九一〇年二月天

火柴捫在攏成圓弧的手掌中，小心翼翼的擦著，好不容易亮起一絲火光，馬上又被風吹熄。

祥嫂仔喘了一口氣，望了望門外黑黝黝的天空，透過遠方燈塔閃來的亮光，今日好像無濃厚的雲層，該不會又要颳大風吧。

正月外垵的颶風①，陣陣從壞舊的後門呼嘯而來，伊緩緩站起身，搖搖晃晃步向門扉，一面撥開吹在眼前的亂髮，一面挺著大肚子將小腳站成八字，費好大力氣，才將門板扶正。

這扇門擋住風，也擋住外頭的微光。灶腳霎時一片黑漆，伊輕移蓮步，摸索尋找番仔火，一心一意劃擦著。點亮火團，心頭才定些。烏暗的灶孔，隨著霹

①颶風：熱帶海上，因流風遽變，產生猛烈的風暴。

哩叭啦的牛糞柴②，漸漸有起色。團團煙霧，迴旋於暗色的灶腳。伊舉起手臂，拉上袖口，低下頭，頻頻擦拭著分不清是被燻出或是從心房湧出的目屎。

供奉在案閣頂的家神和祖靈面前，各排一個薦盒③，一個香爐，兩側放著一對燭臺。薦盒前放著三束生麵線，各用兩條紅紙紮住，紅紙之間貼著金[illegible]字，並放著數碟甜料。燭臺邊放著一碗春飯和一盤長年菜，上面插著一蕊「春仔花④」。在下桌頂如金字塔般置一堆橘子和一籠甜粿。

伊凝視神明廳，所謂的「神明廳」，也僅是無花紋的簡單三塊木板拼湊的牢釘在牆壁上，彼年祥兄不知自那裡提來的松木，認眞自製這個案架，隔年就到臺灣討生活了。聽講伊曾到唐山，也有了女人，但就不曾返來過。彼時三頓併做一頓攏有問題，大人可以忍耐，囝兒正長大，無物件塡腹肚，日子實在歹過。終於忍痛將大漢囝李子天過繼給無生查埔囝的呂漢家作童養婿。雖減少一口糧食，卻令伊哭了好幾個暗暝。希望能常看到囝兒，但嘴裡總是這樣叱責：「無代誌，毋通時常返厝來，好好友孝現此時的老爸老母，有聽著無？」……大年初一儘想這款無爽快的代誌做啥！仰望尚稱豐盛的案桌，緊憋慣的嘴角，才稍微向上飛揚起來。

②牛糞柴：牛糞曬乾後可當燃料用。

③薦盒：盛東西敬獻給神的器皿。

④春仔花：祭祀用，插在白米飯上的紙花，祈求「飯春」，日日有剩飯。

肌膚微瘦，身材合中，早來的眉心紋路鏤刻在尪仔面，顯得不很搭調，經過挽面後，兩條彎曲的柳葉眉才些許分明開來。將垂肩的直髮向後腦勺盤結成髻。梳妝之間，爆竹聲由遠而近，逐漸迎著東方白而來。

燒了香，自案閣桌頂取下一束麵線，放進鍋中，一面向左廂房喊著：「正月正時，卡斬截點⑤，愛食麵線的，趕緊哦！」一聽到有麵線可吃，李子山匆匆爬起。

挺著順月⑥的腹肚，跨著穩定的腳步，就像下定鐵一般的信心，或許爆竹聲帶來寬心的喜氣，幫伊沖掉幾個月來漸增的體重和壓抑在心底的鬱結。這個囝命卡大，隨在伊猛吃草藥和摔跤，還是一月一月大。從驚慌到堅定爲黎一仁生囝兒，這是一段段儘是鐵棘的荒漠路程，像是西仔埔滿谷針刺的仙人掌，雖有刺但終會長出紅色果實。這個「紅蘋果」雖是酸澀難嚥，卻是多汁，有益飢渴的身軀，伊亦就管不了別人的散話⑦了。

人講戰爭是不幸的，然而這個相戰卻爲祥嫂仔帶來生活的依靠。黎一仁是從內地被調至西臺古堡駐守的「清勇⑧」，駐守不到一年，臺澎即歸於日本。彼日，阿本仔和清國相戰接近尾聲的一八九六年三月下旬，很少雨水的澎湖，卻紮

---

⑤斬截：靈活俐落。
⑥順月：懷孕足月，生產的月份。
⑦散話：黑白講，不答不七的話。
⑧清勇：清朝爲治安所編的義勇隊。

紮實實落來一陣雨。正在西仔埔頂種植那拔仔⑨的許旺，尙來不及辨別淡雨或鹹雨，這時聽到似遠又近的轟隆聲陸地響個不停，原先還以爲是雷公呢！放下鋤頭循著音響望去，海上似有異於漁船的艋舺陸續游移著。在這寧靜的村莊，一下子顯得熱鬧非凡，感覺不到有何不妥。直到身著制服的「勇仔」一拐一拐慌張的從東面砲臺往伊這方向來，心緒才著實不安起來。

「這位頭家，我的兄弟傷勢很重，幫幫忙……」身材較瘦長的黎一仁向著許旺求助。就是這日了，日軍首先登陸澎湖，並加以佔領。

失陷的澎湖，還是一樣的天空，一樣會下鹹雨，子民一樣從日出到日落勤勞地工作。

颱風所帶來的災害，不一而足，有的卻如在乾旱中受到滋潤。就因爲李鴻章與伊藤博文的交涉，而爲祥嫂仔帶來了黎一仁。歹命的囝兒，有一個不負責的生父，卻有一個不怕議論紛紛的「養」父。自黎一仁在海上救起子山以後，伊的足跡就常出現在這幢母子相依爲命的硓砧石厝，厝內的菜櫥有一些像樣的咪配⑩，蕃薯籤上面少了撿不完的蛆蟲，細囝喊餓的次數也減少了，某些愛講人長短話的九頭鳥⑪，講伊是契兄夥計⑫，但是現實生活畢竟戰勝了心頭的鬱積和歹勢。

---

⑨那拔仔：番石榴。

⑩咪配：菜餚。

⑪九頭鳥：喻其人喜搬弄是非。

⑫契兄夥計：不正常的露水夫妻關係。

1-3 許家情怨

一八九七年春天

許旺吃了早餐，將用罄碗筷，齊置八仙桌頂，起身向灶腳小窗口彎腰，眺望慈航寺旁彼片翠綠的那拔園，以及老爹頭頂草帽，似一株傲松漫步其中。這時聽到家內①與保正在前埕比手劃腳，伊急促的腳步拖上柴屐趷趷趧去。保正左手持木架，右手掀起木板夾著的通告遞給許旺：「恭喜！澎湖地區有九个，咱這村只有恁老爸接受這種日本政府頒發的紳章。」

許旺翻開通知單，日期明治三十年（一八九七）二月十二日，姓名許佛續，下腳一段如此的文字——

本島人民不論賢愚良否，概未享得相當之待遇，甚至具有一定之見識或資望

①家內：妻子。

者，尚須與愚夫愚民爲伍，實不忍睹，如斯，實不獨非待良民之道，因茲特創設優遇具有學識資望者之途，俾能均霑皇化，惟此乃最必要之事也。

被通知的許老先生，外垵村唯一的秀才。曾赴臺趕考未通過，對宦途並不汲汲營營，尚不致憤世嫉俗。性格上喜愛追根究柢，由於知識分子的優越感，生活態度傾向遺世獨立。難得遇到同好時，可以通宵不睡與人喝酒吟詩作賦。偶爾至私塾當教師，但大部分時間喜愛冥思寫字。

親友的大門、案架、廂間、灶頭的文字幾乎都是伊的傑作。

壯年時期，曾爲自己具荷蘭血統，而捧著族譜，加上記憶中阿祖隱約述說的故事，零零星星、七湊八併，爲家族的根源，下了一個尚稱合理的結論。

十六世紀末，荷蘭人佔領西印度群島，一六〇四年荷蘭派遣都督韋麻郎率領士兵到內地要求通商，適巧遇見一個懂荷蘭語的中國商人，這個慣於投機取巧的中國人，爲韋麻郎獻計，要伊等先取得媽宮要求通商，如此較有成功機會。於是韋麻郎利用春汎間，明廷防務空虛時，順利的佔領了媽宮。

在如此半軍半商中，一位荷蘭士兵與沿海外垵許氏姑娘，迸出一段異國戀情。這位士兵卻因爲明朝總兵施德政竭力反對與荷蘭通商，任命沈有容到澎湖驅逐荷蘭人，於年底的斷腸時刻，離開外垵。

許氏姑娘心力交瘁產下一子，這個男兒即是許氏的曾祖。許老先生每思及此，總喜愛以浪漫情結去懷念，但一想起係自己的祖先，便油然的嚴肅起來。

伊時常以孩童時自阿祖聽來的故事，加上自己查證的資料講給後代聽，伊期望子子孫孫了解己身的源頭。

「澎湖地質大部分由石岩化成，含鐵質成分濟過有機成分，致使農作物歹種植。但是咱彼片那拔園卻是袂歹的土地，這是先祖的庇蔭，愛好好珍惜！」伊三不五時就這樣提醒許旺、許典兩兄弟。

「爹！汝想是毋是東邊彼口井的關係。別人挖出來的攏是鹹水，咱彼口井的水，卻是清涼可口。」許典喜孜孜的說。

「但是水並無充足，無注意，時常予人偷汲。」許旺顯出些微的無奈。

「有量才有福……」許老爹吸一口水煙②，慢條斯理準備講下去，被許旺打

②水煙：吸煙的器具。

斷，許旺憤憤不平地講：「這毋是有量無量的代誌，自己食用就有問題了。前年若毋是井水被人偷汲，那拔園被人糟蹋，掩娘袂遮緊就來過身。」

「歹年冬，無辦法啊！人腹肚空，啥咪攏作會出。」

「聽講臺灣較好賺食，咱變賣一寡土地，到臺灣去。」許典興致勃勃地建議。

「亂來，我枵死，嘛袂變賣祖產。」許老狠狠置下水煙，大聲叱責，見兩兄弟低頭不吭聲，才滿意地點了點頭。然後站直身來，像在勸學堂上課般的口吻講話：「自古歷史對澎湖的評價，即是地疲民困，烏袂生蛋的所在。雖然自我朝領有以來，皇澤廣庇，但因地處海域，形勢孤懸，政治建設難免落後內地，復以地旱物瘠，歷任官制亦僅消極賑濟而已。唉！做澎湖人真艱苦，佳哉先祖保庇，咱比別人好眞濟矣。」

然而這一脈相襲落來，從未鬧分家的傳統家族，卻至伊的囝兒許旺和許典這一代，爲著姍娌不和而興起分食糾紛。伊重視家族和睦，偶爾喜臨帖兄弟和好文送給親友，遇兄弟不和即吟其中一句「祖宗家業不須爭，手足同胞和氣生，一年相見一年老，難得幾時作弟兄。」來勸和。偏偏事到自己身上，卻無能爲力，使捍衛禮教不遺餘力的許老有強烈挫折感。

兄弟雖不和，對老爹卻滿盡孝道，令伊極力反對分食失敗後，堪足以欣慰。接下來又發生朝代更替，雙重衝激，叫伊始終無法過自己嚮往的寧靜生涯。

在自己土地，混具荷蘭血統的澎湖人，竟被異族日本人選爲「良民」。慣有的獨立自主意志，一時也迷惑起來。

日頭赤焰焰照在石牆，折射到許旺家大廳前紅布簾，顯出一團喜氣洋洋。許老幾分不自在，已被全村驚羨的眼神和門庭若市的鬧熱氣氛沖散，當年赴臺趕考不也渴求著「十年寒窗無人問，一舉成名天下知！」的風光？雖名目不符，風光卻一樣。撫著直徑約一寸的白銅質鍍金圓型紳章，平面雕有日章及紳章字樣，加上好久不在同一屋簷的許典全家也統統趕到。老先生直捧撫山羊鬍笑呵呵。是歡喜全家大小團圓？或是被日本仔器重而感到滿足？

原先很認眞佩用，漸漸發現那僅是一種虛有制度，利用人性虛榮弱安撫人心而已。伊爲當初的心適③，狠狠責怪自己短視失察，因此情緒一落千丈。

看著日警的吆喝，看著同胞的驚惶，原本生活就很苦，還要加上「被殖民」的符號。頭頂白日，腳踏鄉土，爲啥咪不能過自己想過的生活？爲啥咪愛上

③心適：歡喜。

這塊小島要那麼苦；爲啥咪斯土斯民，比那飛奔的蒼蠅還不如！

厝內時常被沈悶的厭氣和昏黃的暮氣所籠罩，不到一年，一個秋天的夜晚，那是非不分的重擔，壓得許秀才再也直不起來了。

1-4 金瓜拆灶

「前日明明閣有看著金瓜好好伸佇土跤，今日煞無身無屍，莫非有內賊！」許旺牽手蒙起頭巾，僅留著一道眼線，兩隻眼球滾來滾去，有意無意飄向伊的同事仔①，嘴巴雖隔著一層布，聲響卻鑾刺裂。這日是一八九八年十月天。

「汝這款黑白賴人，毋驚雷公打著。」許典牽手是臺南蕭壠村的平埔族女，性情剛硬，伊不甘示弱頂了回去。

「夭壽哦！我也無硬指啥人，就家己承認，是毋是作賊心虛！」

「目睭抓我睜睜看，毋是講我，是講鬼？」

「這就奇矣，我老母生我目睭，就是欲看人，無者欲去看鬼哦！無面無皮②。」

「三八查母！吐血③。」

妯娌間你一句我一句，音量越講越昂，引來正在前廳發落老父安葬事宜的

①同事仔：丈夫兄弟的妻子。
②無面無皮：厚臉皮。
③吐血：含血噴人。

許氏兄弟。

「這兩个查母，實在無斬無節④，連予老大人安靜一下攏做袂到。」許旺身著黑衫怒視牽手和弟婦，此刻黑色代表權威，否則兩張利嘴能𡢃時靜頓落來？

「閣有閑功吵鬧？拜老爸的飯菜款⑤好無？」許典臉色霜灰。

「若毋是爲著老爸的代誌，我才袂入來這間厝！」許典牽手悻悻然溜進灶腳。

尚有老人在的保守家庭拆灶分家是異乎尋常之事。如今老者已逝，不必爲後代操煩了。道士把五寸釘釘在棺木後，活著的人，爲著生活，爲著囝孫，甚至爲著那口氣，不管負擔多重，還得繼續往前衝。因爲時代風雨排山倒海而來，一葉孤舟在驚濤駭浪之中，第一要義是求生存，來不及惆悵夕陽了。

許典因經商的關係時常來往抗日意識的平安地帶澎湖與危險地帶臺灣南部，伊看到日本皇化中居民微妙的反應。某些人根深柢固的宿命觀念，往往在生死存亡之間見風轉舵，船上阿興就是這種人，每次日警上船檢查，阿興畢恭畢敬的謙卑態度，總令伊不忍睹，獨自逃到甲板上凝視著茫茫大海。想到阿爹，想到牽手後家厝蕭壠村事故。也有某些人，明知無法避免的宿命，仍然奮起抵抗，特

④無斬無節：不知自我節制。

⑤款：準備。

別是有切膚之痛的人士，其中「十二虎」的響應，即是一例。

當時溫水溪抗日軍的領導者稱爲「十二虎」，其中一虎黃國鎮的心腹李祥即澎湖外按人。許典除慕李祥名氏而來外，自己也有一段故事，因此決然加入共誓抗日，結成金蘭之誼。

許典的故事要上溯到乃木將軍在枋寮登陸時期。由於義軍使日軍尚未接近臺南就已死亡千餘名，日軍再度使用焦土政策，所經村莊一律夷爲平地，蕭壠村人慘遭殺盡，許典外舅厝就如此消失得使人冤切。

「汝牽手知無？」李祥手持煙槍輕輕問著。

「伊甘單知影臺灣和日軍打到足厲害，閣毋知後家厝無了的代誌，但是早慢伊會知影，準備這遍返厝慢慢仔講予伊聽。」

「唉！可憐呀！」李祥輕輕嘆口氣。

這時上身著白色對襟仔⑥，下身著黑色寬鬆七分褲，手載玉環的女人，持著福牌煙膏謹愼地鎖進櫃橱，然後笑盈盈的點頭打招呼又走入房間。

「大兄！罕得看汝返去外按，祥嫂眞艱苦，前日山仔摔落海眞嚴重，好佳哉彼个唐山仔咧照顧……」許典矮下身子小心翼翼試探著。

⑥對襟仔：衣服胸前中間有雙排布鈕對扣。

「無事使⑦了。」不待對方講完，李祥皺著眉心將煙槍抖了一下。

「這袂使怪伊，自汝來臺灣，就無消息。請聽小的講幾句話，無論如何汝愛返去看看咧。」

「……」這不是三言兩語即可交待清楚。

「這遍請和我作伙返去啦！」許典順口溜出這一句，連自己也感驚訝。

「這是家內事，閣有比這較重要的代誌愛做。」伊換另一個架勢，將煙槍收起置妥，準備換話題。一碰觸到這個話題似乎引起伊滿腹心火：「駛伊娘！四腳仔愈來愈毋是款，講好聽，是共臺灣社會升級作近代社會，實際是苛捐雜稅，巧立名目是吸臺灣人的腹內血！」接下來伊嚴肅的壓低聲調：「這次進攻可能較困難，萬一勢面歹，保命要緊，山內小路一定愛熟。」李祥畫了一張路線圖，許典猛點頭。

未出動前，使人昏昏欲睡的炎熱午後，爲提神，李祥坐在廳前正準備將煙膏注入槍口，外頭有人匆匆趕入，原來是虎爺，李祥急急問有啥事？

「是按呢了，鐵國山最近已經將中部的日軍全部趕走了。」

「這是好消息呀！」但也參雜輸人不輸陣的江湖味，當天馬上通知所有人

⑦無事使：無價值。

備妥後馬上出發。

七月十日近午時分，大夥兒有的持刀，有的持斧頭——五花八門的兵器統統上陣，循著山路，躲躲藏藏往嘉義出發。越靠近嘉義越發現情勢不妙，幾乎每個據點均有日軍防守。

「四腳仔⑧眞奸巧，莫非有三腳仔⑨通報。」

「我想這遍咱應該放棄!」有人提出建議。

「既來則攻，放棄就註定失敗!攻呢，閣有成功的機會，至少予四腳仔知影咱臺灣人不是好欺侮的。」

「衝了!衝了!」一聲令下，雙方攻防戰於焉展開。打鬥持續到半夜，天地間有如一幅地獄圖。許典被槍擊中，李祥迅速將許典扶起拖著跑進一處隱密的所在。許典似有話要講，嘴巴張得大大的，但卻說不出半句來，因爲雙腳血肉模糊，瞬間昏死過去……李祥眞是他的救命恩人，讓許典大難不死多活了好幾年，然而許典最後的亡靈，也是經由李祥自台灣請回外按。由慕名而投靠，到李祥將他視如親兄弟，冥冥之中似乎註定了某些因緣，繼續在這苦難日子穿梭……

⑧四腳仔：日本人。

⑨三腳仔：巴結日本人的臺灣人。

1-5 水燈

背向級級下降的硓砧厝，面向洶湧的海浪濤濤，溫王爺①日夜守護著圍繞在四周的村民。這日簷牙高啄的外垵溫王廟埕豎立著一支高約二丈的竹篙，竹梢懸垂各色布幡、紙幡、七星燈等作爲向鬼門通知中元普渡的標幟。

靠山吃山，靠海吃海，四面環海的外垵，居民當然以討海爲生。然而經年累月履波蹈險，爲求一個未可知的命運有所寄託，常藉拜祀以求庇祐，尤其七月份更是拜祀最熱鬧的季節。

一代一代攏按呢傳說落來，人活著是靈肉結合，死亡便是靈肉分離。死後有人祭祀可得神位而安，無人祭祀的孤魂會作怪。

爲侍候這批孤魂野鬼，整個外垵村香火裊裊。平日省吃儉用，遇有拜祀再如何也要大出手。這日七月半，大人忙著張羅供品，囡仔人也跟著團團轉。許旺小女秋素，身材高眺，鼻樑畢挺，俊眼微凹，肌膚細白，出落得一副西洋人標緻

①溫王爺：在福建泉州，王爺稱爲瘟王，是一種富於原始宗教心理的瘟疫神。

模樣。伊和玩伴一樣忙著在門前隔一尺插一炷香，作為迎接孤魂的儀仗隊。

插了後，伊被南方振奮的鑼鼓聲引到溫王廟前。伊看到阿爹代表許姓，手持火爐，隨著身穿黑海青，手夾著鼓、鐘、鈸、鑼的和尚，敲鐘擂鼓拜誦「大悲咒」和「孤魂讚」。爾後將「斗燈」全部點亮即告一段落。

「查母人看啥鬧熱？趕緊返去和阿母款菜飯。」阿爹見到伊就如此吩咐。

「好啦！」嘴巴應好，身軀並無離開，伊深深被廟口講古的叔公吸引住。

「古早古早，佇印度的王舍城附近，有一位婆羅門族公子目蓮。伊是隨著釋迦牟尼出家的尊者。有一日釋迦向弟子講解四恩孝道，致使目蓮即刻思念起父母來。但是子欲養而親不在，是做囝兒的悲痛啊！」接著叔公活現的描述目蓮如何千辛萬苦在餓鬼界救出母親的經過，伊講經說法的語調，聲聲句句，貫穿入耳，聽得一蕊一蕊的蓮花開在秋素心頭頂。

故事散了後，秋素轉身逐級衝到厝內，阿母依然健在，伊出其不意緊抱住阿母腰際：「阿母，汝愛活到一百歲才會使。」被抱的人嚇一跳，接著笑咪咪罵道：「這個囡仔咧起番癲了。」

灶腳正熱烘烘時，許典兩個後生，醜腆徘徊門外，秋素輕柔叫道：「阿勇仔！阿發仔！入內啦！」瞷睹阿姆無半點笑容，兄弟兩人還是不敢進去，僅在外頭頻叫：「阿姐！來啦！」秋素看看阿母，然後急急跑出去，三姐弟一番私語後，秋素憂著臉講：「阿母！阿嬸人無爽快，我落去看嘛。」

「彼个番婆也會破病！」阿母很不以爲意，一邊切小管一邊喃喃嘲語，但並無阻止秋素過去。

記憶中阿叔很少在家，一出去就兩、三個月。伊希望秋素姐弟時常去伊厝行行咧。阿叔有時會送寡自臺灣帶返來的稀奇物件給他們。伊好愛阿叔，但不喜歡常給阿母歹看面的阿嬸。

中廳亂糟糟，滿厝間東一件西一件衫褲。滿頭散髮躺在眠床的阿嬸，平日的驕蠻陷在烏暗的房間，見秋素來到，愣了半響，隨即伸出雙手嗚咽起來：「汝阿叔爲啥抑未返來，伊有講過普渡期一定會返來……」腐敗氣味瞬間刺鼻而來，秋素別了一下頭，隨時又轉過來，因爲那顆菩提在心中探頭。

「伊會返來，免煩惱啦！」環視灶房冷冷清清，伊又講：「阿嬸！我返去提寡飯菜予汝食。」

走出阿嬸厝，有一股暮氣沈沈梗在心頭。

傍晚時分，阿爹自那拔園像火燒厝②扛著鋤頭返來：「死囡仔災③，攏是等我無閑時陣大批偷拔，看我按怎來修理這群枵鬼！」

從日出到日落，賺十七、吃廿一④過日子，過活的源頭終於結出一粒粒翠綠果實，卻又常給人糟踏。平時聽過阿爹埋怨，但也僅止於嘴上講講而已，不像這遍憤急的尋找著木板、釘子之類的工事。

大人自透早到透暝，像扛樂⑤轉不停，作囡的人也不敢怠慢，一家之主發脾氣，大大小小趕緊勤勞工作以免討皮痛。阿爹常將「食是福，作是祿」掛在口中，並說這是阿祖傳落來的工作原則。小弟像狐溜⑥已溜去古井汲水，大姐和阿母還在灶間忙碌。秋素手持掃帚，並拿起網袋準備收拾埕上的蕃薯籤，腦袋卻裝滿阿嬸痛苦的面和堂弟一身的污濁，人活著是不是還有比顧三餐較艱苦的事？

暝時，秋素和東邊李家山仔相約在廟埕，準備看和尚放水燈，和尚已開始成群走向海邊，山仔還未到，水燈一盞一盞放落水了，卻始終無伊的形影，秋素無心再看落去，心也惦著厝內。正要放開腳步走開，始見李子山赤著腳喘吁吁飛也似地趕到：「我『阿』⑦返來了。」這眞是大消息，原本要生氣的秋素，忘記身在公眾場所，興奮得直拉著伊的手跳起來：「眞的？」過一會突然緊張問道：

②火燒厝：氣憤到極點。
③死囡仔災：頑皮小孩
④賺十七、吃廿一：寅吃卯糧。
⑤扛樂：陀螺。
⑥狐溜：泥鰍。
⑦阿：「阿爸」的暱稱。

「伊有遇著仁叔仔無？」

「當然是有啦！唉！大人事，細漢人有耳無嘴。」本來不想談，但想起什麼又說：「頂遍和仁叔相遇好比火燒山爆發，害我娘欲去跳海，這遍親像是爲著汝阿叔的代誌返來的。」

大人有大人的事，少年有少年的情。趁著海墩鬧熱滾滾，他們藉機多聊幾句，爲避人眼目，匆匆各自返厝去。

一入厝內，氣氛暗澹滯塞好比七月時所有鬼魂統統趕來似的恐怖與悲戚。祥伯仔、阿爹、阿母等三個大人面色沈重，良久阿爹似下千斤重的決定講：「骨灰暫囥佇廟寺，後事我會處理。」

骨灰？啥人的骨灰？莫非是阿叔的？

一盞一盞的水燈，點點紅映於茫茫的暗海中去渡魂，但願阿叔能搭上故鄉適才放下的水燈返來……

1-6 一井水一世人

一九二二年冬天

繁星閃爍天際，東北季風不時從門縫傳來威力，西邊西嶼燈塔定時傳來七秒和廿三秒燈光信號，構成長黑短白照在祥嫂臉龐。昂然的公雞站立厝尾頂，一呼一應的啼叫響徹整個外垵村落。

伊轉身將肚臍白白的細囝拉下衣衫，隨後習慣性地挪步至左廂房，見山仔弓著身軀睡得正濃。瞇著眼探探窗外，距天亮尚有一段時間。近來過了半夜即睡不著，眞的老了。

想起伊一世人，自小就乖乖坐在板凳，大氣不敢哼的被纏腳。家道貧窮要幹活無法纏得徹底，腳盤總比別人大許多，十歲過繼李家作新婦仔①，大伊三歲的祥兄，第一日直瞪著伊的腳盤，彼時伊紅著臉拚命藏起這雙比三寸金蓮嫌大的

①新婦仔：童養媳。

腳盤。

李家除爹對伊較好外，娘視財如命，祥兄跋扈難侍。伊認命的自日時到暗時，像隻牛似的操作，從不怨天尤人，直到爹發生海難後，失去意識中才喊出：

「我眞歹命！」

彼日大風颱，所有船隻攏駛入媽宮港避風，唯獨爹的船在西臺古堡的白馬山腳。爹意圖趁風勢不大，將船開走。輪舵不知爲何突然壞掉，船隻完全失去控制關頭，海風又催人命似的咆哮，伊焦灼跪落地上，雙手合十祈求王爺，願以自己性命換取爹的勇健，然而一面唸唸有詞，一面卻眼睜睜望著船隻下沈⋯⋯

爹去世百日內，厝內還瀰漫悲悼哀痛時，娘將伊和祥兄送作堆。美其名開始夫妻生活，實際上僅是祥兄的擱腳枕頭②，月經期亦不放過，伊從未感覺做彼款事是爽快的。生囝吃母奶更是要命，吃奶半年內奶水最充足，大約三、四小時不吸出來會膨脹得叫人無法消受。有一遍，生平的一遍，跟伊往媽宮看望年老阿太，囝兒不在身邊乳水脹得凸肚短命③的苦痛，忍無可忍只得拜託幫忙吸出，祥兄當場譴責「大面神④！」即揮袖而去。做查母人眞不值呀！平時奶仔隨伊吸，隨伊拿捏，生囝後飽滿的乳房更引起查埔人的無限慾念，隨時要應付伊坐騎，儘

②擱腳枕頭：召之即來，揮之即去的東西。
③凸肚短命：咒罵語。
④大面神：不害臊。

管自己爽快，不爲對方解除苦痛。查埔人攏是這款樣？日時操勞伊不怨嘆，暗時的房事伊悶悶在心內。

自爹海難後，娘堅決不讓後代走討海的路，祥兄即決定去臺灣打拚，起初還會拿錢返來，但娘的過世，不管黑白竟將罪過向伊發，講是伊害死娘的，夭壽哦！講這種話連天公嘛有罪，好！汝怪我莫要緊，但自己的囝兒總是要養飼，放我一個查母人拖屎連⑤，無天無良。

「阿母！人欲放尿。」細囝睡眼惺忪嗚咽著，伊趕緊擦掉目屎自眠床腳取出尿桶，對準方位講：「大漢了，放尿閣愛叫阿母，羞羞未見笑⑥。」

想起細囝伊爹一仁，滿腹甘苦，酸澀目屎又脫眶而來。自一仁往生後，伊將神主牌置於左方案架頂，半暝睏袂去，就起來燒一炷香，插在伊的香爐，然後在大廳左側窗口席地而坐，仰望遠方天空，有星星就凝視著星星，有月亮就凝視著月亮，好比一仁化作星，化作月亮，伴隨著伊思念。

自一仁出現在伊生命中，雖帶來許多話屎⑦，也爲伊帶來不少快活，遇到一仁，伊才知男女情事。是天地間自然的歡喜，給伊體驗到做人的事使⑧。名份只是表面而已，生活才是實實在在。名義上伊是祥兄的人，伊和一仁濫濫馬也有一

⑤拖屎連：工作異常辛苦累人。
⑥未見笑：眞丟人。
⑦話屎：流言。
⑧事使：有價值。

步踢⑨，至少一仁會帶伊到五花十色綠意蒼翠的山頭頂，亦敢冒著被斬後腳跟⑩的風險和伊作伙。

正當伊生活有依靠時，無半點消息的人突然跑來興師問罪：「汝這个鉸刀柄鐵掃帚⑪的查母……」兇蓋蓋拳打腳踢過來，伊只有怨嘆運命哪！閃避在厝角顫抖隨伊要煎要煮。

「汝自己在臺灣亦有女人呢！就放了她吧！」黎一仁勇敢的挺身出來。

「駛恁祖公祖媽，汝閣有面和我講道理。」一個是有名份的憤怒，一個是義正詞嚴的揮拳，兩個人就這樣糾結在一起，分不清那一邊應該輸贏，自這遍正面衝突後，李祥就不再嚕嗦這一檔事，但爲著處罰伊和黎一仁，就是死也不答應離婚，然而自己在臺灣不亦相像嗎？聽人講伊在臺灣過得不錯，人緣也好，但對伊卻像仇人一般，是前世欠伊的？

「免亂亂想啦，顧腹肚要緊，好好和彼个唐山仔過活。」每當伊一把鼻涕一把辛酸淚時，廟口冬仔就按如呢講，村內，還好有冬仔了解伊。

伊的命運實在註定坎坷，滿以爲上天對伊較照顧，把黎一仁帶來伊的生命中，卻又匆匆把伊收返去。彼年黎一仁發生海難，有人講黎一仁欠海龍王一條

⑨濫濫馬也有一步踢：儘管不好，總有一項可取。

⑩斬後腳跟：對傷風敗德人的處罰。

⑪鉸刀柄鐵掃帚：掃把星，不利之物，罵人語。

命，救起山仔，伊即愛還？不！那有這回事？神明對伊許欉眞正不公平啊……

探看天色，月娘尚掛在天邊，離天光還有一段時候。前些日山仔時常提起要去高雄討賺的代誌，攏給伊阻止。至到最近爲著娶秋素須納外挼最高價碼三百圓的聘金，就堅決要成行了。這個囝仔偏偏不中意對方不必聘金的春仔，春仔生著白白胖胖一臉福相，有啥無好？唉！囡仔飼大有自己的思想了。還講等伊賺夠錢，更要請娘過去享清福。伊有這款命嗎？

藉著月光，伊提著一桶衫褲，挪步至古井邊。「一井水，一世人」人好比月娘在水裡缺了又圓，圓了又缺。不管圓或缺，總是在井內。伊希望有出頭的一日，過著自己眞正想過的日子。但是要過啥日子，連自己亦迷惑起來。

「別時容易會時難，望斷山河燕水寒；鴻雁不傳君不至，井邊流淚夫君看。」明知「咬臍打獵」戲裡李三娘與咬臍的井邊會是受盡災難的李三娘苦盡甘來與尪婿、囝兒大團圓的前奏，但伊一邊搓衫，一邊唱這首剛自先生彼邊學會的這首南管曲，卻是心酸幽怨的目屎滴滴落……

Chapter 2

外垵情事

（1923-1928）

2-1 暗窩

在一九二三年澎湖的風向是特殊甚至不適合討海，外垵居民需在這片貧乏土地和強勁海風作戰，並努力轉向有限的種植。

偎暖陽光，白赤赤侵入風起雲湧的大海。隨著媽祖颶①後的南風，掃向層層櫛比的外垵村。海腥鹹氣夾雜著蛋白質的腐蝕，傾盆撲鼻而來。

這個光禿禿漁村，除派出所旁有兩棵細小榕樹，帶來些許綠意外，就僅有許家大厝前彼幾棵青翠盎然的那拔樹，加上幾粒蓬蓬欲墜果實，將赤焰焰日頭迎擋頂頭，遮出一大片蔭來。唯那茂盛的清涼，將許家大厝襯托得陰暗淒切，彷彿許家大厝隱含著某些不祥。

不祥？是彼個媽宮跛腳風水師講的，伊亦是被村裡僅有的這叢青蔥吸引過來。真是秀才之居呀！然而仰望厝角讚歎之餘，卻又突然皺著眉頭東張西望，直喊可惜！可惜！並說這戶人家必定要行許多善事方能彌補過來，否則……就不再

①媽祖颶：即「正」月的颶風。

說了。

縱然這樣，村民還是喜愛到此乘涼閑聊。關於不祥乙說，也曾講給主人家作參考。

「詑人②的話！」一句話就否決掉，是不信邪或不願聽到加諸於自身的不吉祥？後來乾脆將石牆加高圍起來，許旺不願聽這些是是非非之事，尤其那拔園常遭偷竊，時時困擾著伊。爹和小弟許典過身後，伊只想將祖先遺留落來彼大片土地好好做山③。不想佔人家便宜，別人也別想佔伊的便宜，這世人僅求好尾景而已。

春分前，穀雨後，是個氣清景明的季候。掛紙、香燭、擲筊、番仔豆粿、鋤刀……一切準備就緒，許旺領著一家大小前往西仔埔頂培墓。循著石堆砌成的防風牆小徑，越過一格格參差不齊的田地，大夥兒揮著汗喘著大口氣，認眞尋找通往「高陽三代顯考許公佛續眞主之墓」所在地。

叢叢紅黃相間的天人菊和灰綠的苦苓，襯出凸凸凹凹的墓坵，將一大塊被海包圍住的舒坦野地，描出一幅曠世的淒美。這迎風招展適於海邊生長繁殖的天人菊，有堅忍不拔的精神，象徵著此地民風淳樸，生生不息的生命力。這天被

②詑人：喻油腔滑調的人，說話不必相信。

③做山：耕作。

三五成群上墳掃祭的村民，撥弄得白煙裊裊，紙灰片片，荒曠的山坡頓時熱絡起來。

爬到頂頭，由珊瑚礁砌成的長方形龐大建築，赫然橫隔在眼前。每行到此，那高不可測的悚然，即刻掠向許旺小女秋素腦海，腳步不禁急促起來。越過後想轉頭探個究竟，卻又無這個膽。幾年前就聽阿爹講過，裡面埋了好多戰敗的冤魂。

「戰敗的冤魂？」

「古早有法國、日本、葡萄牙、西班牙、荷蘭……想欲佔咱這塊土地。搶別人的物件，有時就愛賠掉生命作代價。」及至想起爹是被四腳仔氣死的，小弟也是被日軍殺死的，伊重重嘆了口氣：「只是現今咱也是脫離袂掉予人管的命運，澎湖人呀！何時才會翻身，做自己的主人?!」

「阿爹！人死了是毋是就變成鬼？」秋素聽不懂老爸講的意思，伊僅關心鬼的問題。

「人死了後即是鬼，有人拜祭的鬼袂作怪，無人拜的鬼才會作怪，所以汝用手拜拜就好了，而且前世無冤，今世無仇，伊袂傷害汝，免驚！」

話是這樣說，但心裡還是無由發毛。自小到大，這種心理並沒多大改善。然而對祖先的墓，已被血緣的孺慕勻散發毛的心緒。

如今又行到此，伊忙不迭放下手提物件，趕緊雙手合十，續落也忙著扶正被風吹歪的斗笠，一不小心，烏亮髮絲瞬間橫隔眼前，風飛砂乘虛而入。秋素喚來走在前頭的兄弟：「嶺仔！等一下！風飛砂飛入我的目睭內！痛死人！」

「大大睇開，我幫汝歕一下。」

這一折騰，就落後一段距離了。當兄妹趕到，小弟已在斬除墓坵周圍雜草和枯枝敗葉。大姐和阿母忙著將擲筊、蚶仔……安置在墓碑前草地上。阿爹也剛從那拔園彼邊巡視一番後，喘吁吁地趕過來。大致妥當了，阿爹打火點香，裊裊煙火燻得秋素淚水直直落，本不舒服的眼球，幾乎睜不開，趕緊閃一旁，阿母講：「目睭驚煙火的，是不孝的囝孫。」

「人且即被風飛砂飛入去目睭內啦！」滿腹委屈地辯說著，伊不願被講成不孝的人。

正當一家人準備上香之際，一陣人，指指點點，朝這方向來，阿爹皺著眉頭收起各人拜了的香炷，攏集作堆，深深鞠了三鞠躬插上碑口，雙手合十後，好整以暇望著迎面而來的人群。

仔細一瞧，原來係後頂厝呂氏一家大小，浩浩蕩蕩，順著海風，個個蓬頭散髮，看樣子來意不善。呂氏時常出海，一年內罕得碰幾遍面，倒是伊大小漢囝，時常來厝內行踏。

「恁也來培墓！」許旺牽手首先大聲招呼。

「……」不必有善意的回應，眼球直瞪對方。

呂氏夫婦站在前面，後生查母囝尾隨在後排左右，一副憂心忡忡的面容。

「汝設的夭壽步，害阮阿志暝日倒佇眠床頂哀哀叫。」呂婦打破沈寂，怒氣沖沖指著許旺興師問罪。

「到底發生啥物代誌？」許旺牽手哈著腰問。

「恁尪做的好步數。做人愛正大光明，做暗刑終生袂出脫。」

秋素慢慢聽出緣由，原來阿爹時常找木材打釘子，暗置於那拔園地面防止被偷。

「賊卻惡人，有頭有面者，枵死也袂做賊。原來那拔仔就是恁這群枵鬼偷去的。食慣了嘴，總有一日溜不出腳步啊！」許旺義正詞嚴反駁過去。

「做人有量才有福，無則作惡作毒，穿靴轆叩④哦！」似乎專門來散發咒語，然後一陣海風似的飄離而去。

「有量？腹肚飽就有量啦！」許旺滿臉通紅腳手顫抖久久才迸出一句來，但那窩家⑤已走遠了。

物質匱乏的日子，爲了食物，好厝邊也會反目成仇。陸陸續續被暗窩傷到的人不在少數，這件事漸漸傳開，再也無人敢去偷摘了。這下許旺該能稱心如意種植，不必防賊防得那麼辛苦。爲著顧三餐，做到拖屎連。

然而隔年，牽手卻在一個炎夏的午後，到山裡拚⑥蕃薯，被刀子割到腳，血流不止。滿以爲血止就沒事，沒想隔二、三天後，卻發寒發熱，平時家居良藥薑母黑糖，或撿松杉的木柴配符靈做萬靈丹，也不靈了。許旺當機立斷，馬上乘船去媽宮求先進，終於請來一位願意搭乘來回需八小時的赤腳仙。但一切已是回天乏術無奈何了。

從此許旺不再勤著去山裡，也不讓囝兒去經營。彼片那拔園就這樣慢慢荒蕪掉，散落叢叢枯枝，留置孤寂無了時。

---

④作惡作毒，穿靴轆叩：喻無惡不作，必遭報應。

⑤窩家：指窩藏作惡之人。

⑥拚：自土中掏出的動作。

2-2 金瓜冤

扇狀金瓜葉，隨著纏緊的藤蔓，或攀附於灰暗的木棚頂，或盤旋於泥土上。果實依偎蔓藤，在陽光底下展現出金光閃閃丰采，與金瓜嬸的媳婦仔阿雪細瘦躓頓的身影，成了強烈對比。那垂垂欲落的瓜果，糾葛著阿雪心肝底，特別是挑了三、四擔海沙後，如飢如渴的慾念，正熱滾滾翻絞著伊不曾塡飽過的腹肚。

肩負民生重擔的金瓜，在阿雪密集拉扯下與金瓜嬸凝注於四色牌頻頻喊出高亢的「對」聲中，漸漸離開堅韌的臍帶。阿雪將綠黃的落瓜小心翼翼捧在心口。這時義叔牽手腰仔，手持斗笠，一面扇著頭臉，一面探問著：「汝阿娘有佇厝無？」不準備這節骨眼有人出現，阿雪正不知如何是好，腰仔輕巧的人影，已步入厝內了。

三腳欠一腳，腰仔來到，正好可以耍「十胡」。大夥挪著屁股，騰出空位，後來者喜孜孜坐陣其中。坐定後持起發在面前的紙牌，攏集作堆手沾口水熟練的刷出一幅漂亮的扇子形，將團握在五指間的「帥士象俥馬炮」整理一番，這才吁口氣，等待別人出牌，這時伊對著金瓜嬏順口問著：「汝今年好年冬①，金瓜收成袂歹哦！」

「無半點雨水，歹賺食！」金瓜嬏仔捽落千挑萬選一張牌，有氣無力的回答。

正當「對」「吃」「到」聲相互交錯著這一角落，外面突有陣騷動。四位婦女謹愼將牌仔覆蓋在一堆衫褲底下，金瓜嬏忙不迭跑向厝外探個究竟。還好不是巡查，伊鬆了一口氣。近來日本仔抓賭夭壽嚴，爲了逼供，有人頭臉硬被壓入面桶吃水，有人還曾被抓去支所②拘留三日。爲著這種唯一的趣味，平常時遇著阿本仔或是大人③，都躬著腰身不敢正面看，就像看著鬼一樣驚嚇。

「汝來看！」金瓜叔仔氣蹼蹼指著一根懸空在瓜棚中的蔓藤說：「彼粒金瓜呢？明明昨暝閣有看著。」望著那剛被折下的新痕，腰仔鬼頭鬼腦的模樣即刻閃進金瓜嬏頭殼，伊馬上返頭衝入房內。大夥急急詢問發生啥事？然唯獨腰仔低著頭發呆，這就對了，金瓜嬏胸有成竹大聲嚷嚷，眼睛瞄準腰仔：「光天白日下，竟然敢偷提物件，死路旁④！」

---

①好年冬：作物豐收。
②支所：警察分駐所。
③大人：警察。
④死路旁：咒人之語，喻人死在半路。

「啥物件被偷？」有人問。

「坪仔頂的金瓜。」

「哦……」腰仔欲言又止。

「希望毋通爲著一粒金瓜打歹厝邊感情。好了！今仔日就要到遮！」女主人講完話，悻然走到尪婿身邊。

阿雪正襟危坐屋簷下，把苧麻草努力撚結成長線，以備刺網之用。賭友陸續走出來，腰仔重重望了望阿雪。

「駛伊娘！已經講好欲送巡查金瓜。」金瓜叔仰望坪仔頂大聲興嘆。

「家己食攏無夠了，閣有夠送人？」

「今年輪到咱代表呂氏做祖⑤，我準備愛好好做一番道場，祈求合境平安，到時恐驚巡查來干涉。日本人認爲道教是漢族的宗教，和日本仔講的同化主義有所出入，所以近來愈管愈嚴。三不五時打通一下，代誌較好辦。」

「我想是腰仔提去的。」大理論聽無，伊關心的是金瓜。

雙手緊撚著苧麻絲，耳朵提得高高聽著兩個大人講話，阿雪憂心忡忡不時偷瞄爹娘的臉色。

---

⑤做祖：每年春、秋兩作，姓氏宗親會。

太陽已偏西，金瓜嬸撿起披在厝角邊的路黍萵⑥進灶腳準備起火煮粥，後頂厝松仔在斜坡頂吆喝：「有人欲去訂繒⑦捉魚無？閣欠四个人。」

「阮參加一份！」金瓜叔不加思索大聲應和著。

浸沐臺灣海峽這個漁翁島，漁民的生活大都靠著「訂繒」拏捉饒仔魚、魩仔魚、丁香、白鱙，尤其媽祖生過後更是烏鯧、魩仔魚盛產季節。所謂訂繒，只要召有十人即能成一組，借著兩隻木筏，大家合力牽繒將網撒入海中，待魚群自投羅網。

冬夏風交替時陣，東北向的湧浪轉弱，甚至還會遇到空間什麼都不動彈，彷佛所有風都已吹盡，漁民管叫它爲「好天時」，這樣稀有的天候，勤快的漁民攏會抓住機會。

就在這款的好天候，松仔帶頭的這一伙，浩浩蕩蕩上陣了。兩隻漁船加上十人的人頭鑽動，在寬廣海上，一大片水面好比浮上一層自行拼合又自行毀壞的模糊圖案。待整個靜止下來，人們可以窺見透明水中所發生的動靜。當無數魚群衝向網中同一目標游進時，也同然牽動著水上十雙手無數的顫動。

網魚的工作直到日頭落海。查埔人忙中有序的將網中魚分批抛入在岸上已

---

⑥路黍萵：高粱。

⑦訂繒：圍網捉魚。

爲查母人備妥的香蕉籠。海上人陸續上岸，厝內大小在岸邊凝望，這時買魚的、觀望的也統統上陣認眞圍看收成好無?查埔人操作粗重工作，至於賣魚論斤計錢，分盤情事，則由查母人發落，沙灘上一大群蒼蠅和著蚊雷爭先恐後加入人聲嗡嗡作響，鬧熱滾滾。

漁獲物卸清，天時漸暗，是各自返厝時陣了。藉著溫王廟內微弱火燭，金瓜嬸提著魚跟在金瓜叔後面。白天日頭赤炎炎，這時走到巷口才感覺有了絲絲清涼。正舉步爬坡，金瓜叔突煞住腳跟返頭問道：「阿雪有佇厝無？」

「有啊！」

「聽義仔講，金瓜是咱阿雪提去的。」

「哦？」好大的問號凝住金瓜嬸驚愕的大嘴巴。

阿雪趁娘去海墘分魚時陣，將藏於厝角半日的金瓜，急急閃閃抱給西邊的生母，不敢逗留，又匆匆趕回，爹娘尚未返來，伊鬆了好大一口氣。在昏暗的煤油燈下，縮著頭坐在桌邊的長凳角下。昏晦的臉俯沈著，視線自額陰下注視地面，雙手無意識的撥弄著彎下頭即垂落的長髮。身上已泛白的藏青對襟仔，膝蓋部位不堪伊緊縮的腳，已然繃出裡層的皮肉來。伊生父自海難起馬⑧後，原來不易維持的一家七、八口，從此更陷入困境。兩個大姐、一個小妹連同伊陸續送給人養，厝裡就剩下兩個嗷嗷待哺的小弟和多年犯氣喘的老母……

「阿雪，汝出來一下。」

娘高亢急躁聲響，自金瓜籬外傳來，伊不敢怠慢，連鞭⑨應聲奔去。

「金瓜是汝提的？」娘這樣講。

「我無……」頭殼猛搖晃，長髮也跟著亂紛紛。

「明明有人看著閣硬嘴巴！汝這个夭壽死囡仔，害我黑白賴人。」金瓜嬸順手抓起一根木條，頓時像雨點直直落擊在阿雪緊縮的身軀。

「我若有取，我會去死！」陣陣的疼痛，瞬間傳至交感神經，本能求饒意識，使伊隨口衝出了誓語。

「三隻手的人，閣敢唬人，欲死就去死矣！」

四周烏暗，阿雪拖著羞愧身軀，茫然沿著石砌圍牆蹣跚下坡去，橫過溫王廟越過疏落店口，奔向大海。灰茫茫水面，映著暗澹愁慘天色，吐納出一種難以

⑧起馬：出葬。
⑨連鞭：馬上。

言喻的淒涼景況。十六年來的生命，如果伊是查埔，即不必送人飼，做錯事也不會遭到強烈指責；如果伊是查埔人，即可隨心所想任意蹦蹦跳跳，不至讓人說：「查母囡仔愛有分寸！」天生熱血奔騰常約束於諸多規範，內面與外面不時拉扯，拉成一副老婦的沈著以及對世間的怨氣。

「遮爾暗閣佇海邊，危險啦！」

身後突來的聲響，委實叫人嚇一大跳，阿雪不加思索提起腳步往厝的路奔跑，到門口正猶豫時陣，瞥見娘的身影正從左廂房出來，在月光下，娘清楚見到伊。

「汝毋是欲去死?!」

娘依然用慣常揶揄語氣。但斯時燃盡的燭蕊正掙扎著殘餘火光，被這麼不經意地吹噓，生之火頓熄，軟趴燭油迅速癱瘓下來。伊再次舉著踉蹌步伐衝向後山彼片西仔埔頂曠野。伊無視於橫隔眼前叢叢荊棘和陡斜坡度，勇敢的，摸黑大步踏上去。

八方湧來的浪潮，構築潮濕的煙霧迅速流動著，幾盞畫坡下村落。浪濤風嘯在空間交織成巨大聲響，震盪著沈重而凝滯的空氣，像有成千成萬看不見的口一起張開向宇宙怒吼。

放眼每一個領域皆飄動著黑色的旗幟，似乎在爲閉鎖封建的子民抗議。人天長夜，宇宙黮暗，誰啓以光明？小村外，古道邊，荒草連天，葬著無數遺骸，不論異國將官或本土小百姓，是如此不分晝夜守護著這塊土地。即使在黑暗中，大海依然澎湃，縱有滿懷熱血，也難以扭轉冷酷的運命。就成爲海水的一部分吧！看命運是否有輪迴餘地，縱身跳下，連噗通聲響也無，飛奔的長髮和細條的身軀，即刻沒入幽冥海腹。

只是阿雪隱忍的冤恨，卻像纏繞的金瓜藤，緊緊攀附在這塊泥土頂。

2-3 返鄉做大人

一九二五年初春，一片曠野裡的菊，開滿了澎湖群島。紅黃相間，一叢叢，一朵朵，在臺灣海峽圍繞下，爭著和飆飆颯颯的季風打招呼。風風雨雨，鬧熱滾滾。這個時候，金瓜叔厝內也是風風雨雨，鬧熱滾滾……

「今日是呂氏做祖，愛喫肉的，趕緊到金瓜叔仔厝分肉。」溫王廟口的擴音器，一次又一次沈穩的傳遞著村裡的信息。

「最近厝內無平安，求神問卜，講是有冤結纏身。膨肚短命哦！三不五時就夢見雪仔彼頭長毛和彼身對襟仔衫！抓我金金看，我想敢是雪仔的關係?!」腰仔急急忙忙拎著一疊銀紙，撥開人群，經過置於門口的一桌祭品和一頭大豬血淋淋趴在供桌上，像有某些魂魄就在周圍，心悚悚然別過頭，見到「做祖」女主人在大廳忙碌著，伊大大步踏入門檻，緊抓著金瓜嬸講出心中疑難。

「當時我也是講氣話，無料這个夭壽仔當眞聽入去，叫伊去死，伊就去死，毋知影的人講咱是虐待伊，其實龜腳嘛是龜內肉呀！」金瓜嬸不停抹掉臉上滴落的汗淚，一面將「更衣」銀紙投入火爐，被蒙住的一團煙火，霎時又赤焰焰燒將起來。

「想袂通為啥揣我算數？」這時外面的鎖鈉鑼鼓響起，腰仔不得不提高聲響，聽起來似乎有憤恨意味。

「伊毋甘願汝點破伊的行為。」議論紛紛中，有人這樣推論。

「我是氣伊欲提就講一下。小漢偷摘瓠，大漢會偷牽牛哦……」金瓜嬸表達慈母心態。

唉！為著一粒金瓜，就鬧得滿村風雨。自阿雪投海死了後，這幾個月來，說著也奇，伊生母竟然目睭進入全盲；腰仔查某囝水仔被寡居婆婆折磨得不成人形，終至被迫離婚，後來好不容易又與那拔伯仔許旺的後生許嶺成婚，這個討海囝婿卻在頂個月就在雪仔落海所在發生海難，水仔頓成寡婦；不單如此，腰仔的細囝無緣無故變得憨神憨神①，不時喊著要自殺，有時會持起鐵釘釘自己的腳盤……厝內貼滿符咒，做替身給伊放水流，均無起色；開在西仔埔頂彼間雜貨店，偶爾在半夜裡清楚聽到女人淒厲的哭聲，整個村落鬼魅森厲。

①憨神憨神：精神恍惚。

自日本人來到這個島嶼，因爲日本警察動輒打人，村民看到警察如同看到鬼，大人遇到愛哭囡仔喊一聲「警察來了！」就馬上噤若寒蟬連大氣都不敢喘。而今又有一句法寶「阿雪來了！」

然而金瓜叔的厝，卻安然無恙，甚至金瓜收成越來越好，抓魚也賺錢。有人講八字輕就會被鬼纏身，八字重鬼就無奈何。鬼和人攏相像，欺善怕惡?!不管如何，風聲鶴唳之際，金瓜叔和呂氏大老研究結果決定在輪伊「作祖」時陣，擴大給阿雪招魂超度，功德做了後再扮一場法事戲，祈求合境平安。

稀罕的毛毛雨被風吹得東倒西歪，這個被人懷念的鄉土正鬧熱滾滾做法事同時，在汪洋的那一海面上正飄晃著一艘「奉山丸」載著近百個出外打拚的返鄉遊子。彼時陣，由於家鄉討海艱苦危險，耕作又不敷使用，加上日本當局鼓勵之下，許多人就這樣冒險單身渡臺，另謀生計。大部分人首先以拚蕃薯維生，後來轉入中藥界做學徒，一直打拚到能獨立經營，再引用小池角、大池角、二崁、緝馬灣、內垵、外垵等少年親戚爲學徒……然而要返鄉一遍也相當不易，待湊足船費和打點一些費用，差不多兩、三年了。但是身著高級服飾、穿皮鞋、攜帶皮包回鄉是多麼風光的大事！

這日這艘「奉山丸」載著風光的遊子們駛進澎湖海黑水溝地帶，卻被狂飆風浪襲擊著。海水雨水交錯濺撲甲板，大夥被退入船艙。有些人已不堪顛簸滯悶嘔吐不已，有些人臉色蒼白癱瘓在地上。似乎踏上故土前，必須如此洗禮一番。但某些人還能在搖晃中高談闊論，大小聲言語著在臺灣的點點滴滴，幾個少年人圍在小窗戶前，談著與日本囡仔耍的趣聞。日本人以殖民者的態度嚴正不苟，孩童卻是天眞無邪，這些貧窮澎湖少年，便以玩彈珠賭博方式贏錢。

「看日本囡仔憨憨好騙，攏用偷食步，贏了眞爽。」

「咱叔仔講，阿本仔有錢，隨便囡仔取用，而且伊踮佇咱的土地，食咱、用咱，共伊取一寡來用，無啥關係。」陣陣得意嘻笑響遏海衝浪。

這時蹲在門旁，橫過桅隙，凝望船外海茫茫一片洶湧波濤的李子山，聽到有人這樣講，伊沈默緊閉的嘴角，稍微上揚了起來，因爲自己也有如此經驗。

理著三分頭，鼻樑高直，略顯方形的臉龐被兩旁各有孝子痣的挺拔耳垂，襯出一股凜然的威儀。穿一身異於別人的簡樸工作服，腳著黑色馱襪②，時而低頭沈思，時而仰頭抒氣，企圖理出一個蘊結。要不是從那少年原有的銳氣眼神，還以爲伊是超過卅歲的中年人呢！

②馱襪：前端像鉗形的鞋子，苦力所穿。

從小與娘相依爲命，有一遍看見作陣海墩撿螺仔的物兄有爹，就返來向娘要爹，再怎麼惡劣情況就不曾打過伊的娘，卻舉起手怒氣沖沖「啪」一聲迅落到小臉頰來，從此不敢再提起有關阿爹的代誌。但是腹肚餓得難挨時，會悄悄躲在厝角或被窩裡掛著淚珠想像阿爹模樣。仁叔出現後，腹空頭冒星的次數雖然減少，但是打從心底不愛仁叔。有時爲讓娘高興伊會裝出歡喜的型勢。作囝仔就很在乎娘的喜怒哀樂。十四歲彼年，早已過繼給呂家的胞兄李子天在臺灣嘗試作海運的生意，需要人手，託鄉親帶消息要伊前去幫忙。這下正合伊意，一來或許可以找到阿爹，二來能賺錢，改善娘的生活，不必靠仁叔了。然而滿懷的希望到臺灣，卻與阿兄唯利是圖的精靈個性格格不入，常被責罵不知世面而遭修理。這時在他鄉又聽到仁叔遇海難事件，彼種牽掛娘的情結，令伊歸心似箭，不到一年又回到外垵。

窩居漁村不討海賺無食，但能守在娘左右卻是甘之若飴。海會漲潮，人會長大，世事本是變動不居，人的牽掛自然隨著年歲增長而加多。感情的事有如一支洪流，即使遇到巨石阻撓還是會向前奔進。看上秋素，自己也說不上是一股怎樣的情愫，娘眼中乖巧的囝兒，竟然勇敢回絕娘爲伊發落又不必半文聘金的春仔。疼伊的娘最終還是順伊意。

爲著這筆據娘稱是外垵最高價碼的三百圓聘金，更爲了成家立業的願望，伊不再是成天膩在娘身邊長不大的囝兒，而是雄心萬丈，意氣遄飛的男子漢。伊決定到臺灣打拚，毅然決然又踏上高雄之途。

高雄原爲平埔族Takau（打狗）所在地，由於當時日本內閣正進行「南進」政策，擬以此爲跳板，因此特別受到軍部重視，就將打狗譯意爲高雄，正寓意著「南國的世界裡，高躍雄飛」，而這個「高雄」同時也是澎湖人希望所寄「躍飛」轉業的中心地帶。

大正十四年（一九二五），子山目標篤定的踏上高雄，與前回稚幼逃避心緒迴然相異。下了船第一要義即往入船町沙仔地陸拾伍番，阿爹的住所。據稱此地區位於高雄川入高雄內港的西側地區，從新濱碼頭走去大概一炷香時間。然而任憑問破嘴，走麻雙腿，就是探聽不出曾有李祥這個人。失望之餘，突然一位操澎湖口音的中年人低聲叫住伊：「少年仔！汝揣的人大概是虎爺第二。」

「虎爺？」

「是按呢啦！當時伊參加溫水溪抗日軍，彼陣日本人掠到眞嚴，聽風聲伊有可能閃避去唐山了。」

首要寄望落空，這下僅有硬著頭皮再去找阿兄李子天了。對方大概目睹一副灰心失意表情而起了惻隱之心：「介紹汝去岸壁③做工好無？」

「做啥？」只要有錢賺就是生機。

「岸壁準備築港，需要大量的砂石，自枋寮海灘用船運來高雄港，包工程的苦力④頭是咱澎湖人，看汝人眞老實，閣是故鄉的人，理應照顧。」

高雄築港工事眞大，聽講自大正初年即開始動工了，因爲澎湖漁民南風季節才能出海捕魚，苦力頭利用北風季漁閒期間，大量僱用家鄉船隻及人員從事這項搬運砂石工作。

除岸壁工人外，牛車工人也是澎湖人經管。牛車工人大多在苓雅寮工業區一帶拖運貨物，這些艱苦的體力工事，工資比一般當中藥學徒或其他工作要好多了。伊選上岸壁工人，工作比別人勤奮，花費又比別人少，一、二年工夫，雖吃了許多苦頭，但也賺了一些錢。

思鄉情切，有如驚濤拍岸，船身尚未靠妥，一雙大腳俐落的跨上搖晃的岸

---

③岸壁：碼頭。

④苦力：搬運工人。

壁，抱著為娘和秋素買的布料，連奔帶跑地衝向厝內。

「厝內無人，攏去看『朴城』⑤」。

於是伊又拔起腿往法事所在奔波，要在香火裊裊，鑼鼓喧天夾雜吆喝聲中尋人是困難的。不知故鄉發生何事需做如此隆重法事。久違鄉親由親熱招呼轉為淡淡點頭，只因為此刻大夥攏在專注的等待看一場「戲」。伊失望之餘卻在另一角勢霍然發現熟悉身影，伊迅速撥開人群，興奮跑到娘跟前。

祥嫂做夢似的揉揉目睭，彷若不習慣突降的恩賜，半晌才以顫啜的聲音拼出：「我的心肝，汝返來了?!」

「俺娘！我有賺到錢，汝看！」恨不得將所有成果即刻顯在娘面前，伊雙手欲伸進口袋，被娘強按住。

「憨囝仔，返去才講。」祥嫂從喉底輕聲責罵，並瞷睥烘烘人群和頻頻擦拭眼角，心肝頭是碰碰響。

「……」吵雜聲響突地煞住，村裡虔誠氛圍懾住李子山蠢蠢欲動的腳跟，於是伊停頓落來和娘作伙觀法事。

紅頭仔⑥終於威武出現了，法事由請神開始繁文縟節一齣一齣往下演，伊實

⑤朴城：攻打枉死城。

⑥紅頭仔：道士。

在無心觀望，但娘緊握伊的手全神貫注紅頭仔的一舉一動，只好耐著心站下去，然而眼睛不時遙覓著另一個身影，本想問娘，但溜到嘴卻變成：「小弟呢？」

好不容易紅頭仔向東獄大帝申請保釋領出亡魂，主家捧筊在紙糊的枉死城前，由一旁的紅頭仔禱詞請示，用「跋筊」與亡魂交談，然而一連串笑筊中，李子山已失去耐性：「娘！咱返去啦！」

「予這個金瓜冤鬧到滿庄風雨。秋素大兄過身去了，秋月生一個憨頭憨面的囝仔。」腳跟挪開，頭卻頻頻回望道場。

「秋素如何？」這即是伊的重點，伊順勢大膽問起心中牽掛。

「伊老爸自老伴、後生死了後，續了那拔園也無植種，每日啉酒醉茫茫，好佳哉秋素勤苦打拚去內垵幫傭賺錢。唉！秀才的囝孫變到喪志墮落。」

「俺娘！我這遍返來即是欲娶秋素佮汝去打狗，彼邊我攏發落好矣。」潛在的陽剛之氣，常在談論終身大事時表露無遺。

「去生疏所在生活，我袂習慣……按呢好了，恁先去再講了。」祥嫂頓了半晌，仔細瞧著囝兒若有所思又說：「汝遮爾合意伊，就愛趕緊行動，無則，暝長夢濟矣！」

2-4 女願媳心

加納魚（アカタイ）是日本人的最愛，冬季是加納魚最肥季節。西坪海一帶，分不清漁火或星斗，西嶼人七早八早將機船發動碰碰作響，迎著凜冽冬風，整裝待發至貓嶼南棧漁場放緄①，拏納、釣龍尖。

海水陣陣搖擺的漣漪牽動起陸地，就這樣整個村庄也跟著碌盪開來。「西嶼響，三更半暝爬起來嚷②！」本是討海人特色，更蘊含西嶼人的刻苦耐勞。無論男與女，每日三、四點即起床從事一日工作，男的出海，女的到海邊剖蚵、撿螺仔、撿海沙囊③或上山耕作、沃菜、沃蕃薯栽、曬網、掘草……

一九二六年初春早晨，秋素勤眠自床頭爬起，聽到厝內有動靜，大家④已起床，伊望望身邊熟睡翁婿羞澀的忙著攏一攏散髮，摸黑走向灶腳，陣陣煙霧撲面而來，祥嫂正埋頭於灶洞吹火，伊趕緊挨近身旁迅速捲起袖口，就像慈母有難急著要去幫忙：「俺娘！汝閣去睏一下，灶腳的代誌我來就好。」

①放緄：繩釣。

②西嶼響，三更半暝爬起來嚷：比喻澎湖西嶼人的勤勞。

③海沙囊：海參。

④大家：丈夫之母。

「阮這種歹命人，閣無這款命。」

「……」對方淡淡的話語，好比周圍冰冷的空氣，凍住新婦的舌根。

「遮爾寒，三更半暝就趴起來，寒死哦！」子山喜孜孜出現，搓著雙手，縮著頭，哈著氣，顧盼伊生命中的兩個女性。

此刻灶底終於「碰」一聲開出赤焰焰花朵，視線頓亮，嗆眼的煙霧和刺骨的冷氣也逐漸散開，祥嫂吁一口氣對著睡眠惺忪的子山講：「貪睏免驚袂枵死。」邊講邊直起身子，陡地暈頭轉向，腳步踉踉蹌蹌，子山與秋素趨前扶住，祥嫂揮揮手道：「無要緊！老症頭，等一下就好……只是最近目睭愈來愈輸了。」隨即拉起袖角猛擦著目睭，然後逕自幹活去了，拋下一對憂心忡忡的新人相對無言。

「咱娘自小漢就無好日子過，大概想著我閣欲離開，心內難免鬱積，咱作小的愛會曉想。」子山語重心長打破沈寂。

「娘親像無歡喜我，是毋是嫌我無嫁妝。」

「安啦！娘脾氣無好，卻是豆腐心。我這遍去打狗會趕緊想辦法接恁過去。」

「免急！我外家厝袂使無照顧，爹的病實在叫人袂放心。」

「汝已經是李家的人，莫開口攏是汝外家厝。」

「飼查母囝眞不值！嫁出去的人親像潑出去的水！」秋素心一酸，淚水滾落來。

「無赫爾嚴重，我的意思是汝厝閣有小弟，我驚汝傷過無閑，俗語講得好『外家厝愈少管愈有福』。」

「……」用力舉起手臂擦拭臉頰上發亮的目屎，並狠狠甩著一頭烏亮頭髮以示抗議，但隨即想起號稱孝子的子山，竟然爲著娶伊敢違逆老母意願，滿腹心酸頓化爲深情款款凝視能託付終身的尪婿並以徵詢口吻說：「等汝離開了後，這段時間我抑是繼續去內垵尤家幫忙……」

「汝是毋是掛念尤家彼个臭囝？」好比觸到心肝底的傷口。

「胡亂講啥？伊這遍去貓嶼拏魶返來一定欠腳手，我去賺錢有啥無好！」柔水遭到強擊照樣活蹦亂跳。

「好好佇厝內幫娘就好，莫想講我啥攏毋知，我閣聽講……」這款聲勢異於平時的李子山。

「按呢啦！啥人攏毋免辯駁，咱倆人到城隍廟去當神明面前賭咒，汝敢毋敢？」

秋素拳頭緊握，臉色發青，聲量提高，劃破寂靜的晨空，引來厝外挑洗糯米的祥嫂，愕然瞅見新烘爐新茶壺七早八早在烏暗的灶腳鬥起嘴來，這可不是好兆頭，伊緊繃的臉迅速緩和落來，嘴邊差使囝兒去古井挑水，厝後邊就有一口，不必跑到東勢彼邊了，隨即返頭用低啞聲叫著媳婦幫伊發落磨粿的工事。做囝的知道娘有心情派遣工作表示氣已消，自己的鬱結也隨著此起彼落的雞啼而暈開了。

接下是作新婦的要即刻抑制鏘鏘滾的胸腔，方能應對突如其來的柔緩。伊偷偷擦拭眼角的水，輕揉高直的鼻莖，深吸一口氣的同時，捲起袖口跟著「大家」起起落落。

子山瞷窺娘與牽手一眼後，踽蹐挑起厝角的水桶。祥嫂持一條青布給子山包頭，以禦風寒。自己與新婦也相繼用頭巾往臉上纏。三個人於霧茫晨色中開始一日的作活。

「阿斗嬸仔做人眞好，伊做彼臼『石臼』是予咱這角勢的人使用，以後吃粿就方便了。愛趁早，天光後就愛排隊等。」祥嫂提著大桶小桶借著月光小心翼翼挪步，秋素兩肩擔著糯米，低著頭緊接著前方腳跟邁進。

起初時兩人還不習慣對方動作而頻頻出狀況，還好過不了半炷香時刻就像一個螺絲一個洞很有節奏的進入狀況，但近尾聲時，祥嫂的糯米噴出石臼外的機率又多起來。此刻東方已大白，這對大家、新婦的關係似乎冥冥之中有了某種定數。

「厝內起火物件愛準備寡，炊粿需要大量用著。」正要收工，祥嫂對新婦這樣吩咐。秋素對大家高亢聲調，尤其疲憊難當還來不及好好喘一口氣時又發落新工作，令伊暈眩致手足忙亂。臼上尚有米漿流淌，就把米粉袋從石臼口拔掉。

「討債哦！這攏是錢買的。」祥嫂心痛望著白白的米漿點點滴在泥地上。

「俺娘！天祐叔來厝欲揣汝唱戲！」子山自彼角勢跑過來，迫不及待把話傳出，那上氣不接下氣的語言適時衝破婆媳之間的尷尬。一提起唱戲，祥嫂緊抿的嘴角，迅速鬆開隨即笑文文收拾工具。

祥嫂的特殊音質，早被南管「郎君會」打拍板的天祐兄看中。三不五時就邀同好拉二弦的、吹洞簫的聚集一堂合奏高歌。澎湖南管發祥於西嶼三灣，即竹篙灣、緝馬灣和內垵。內垵與外垵僅一堡之隔，郎君會組織是由內垵延伸到外垵，爲這村落除玩四色牌「十胡」以外，又多一項娛樂。不識字的祥嫂，跟著先生一句一句唱，唱出了濃厚興趣，也解了伊許多憂愁。

秋素乘祥嫂忙著唱戲之際，匆匆交代子山找幾塊石頭壓住米漿，伊要去後山撿柴，似乎還要講什麼卻欲言又止，就由灶腳門出去。自成婚第二日穿戴鳳冠，足著紅緞繡鳳靴，喜氣洋洋返厝，距今已有三日了。伊揮彈幾下一身的青布衫，並昂起頭扣上脖子的鈕釦，沈一會兒，即往左巷道穿入。出嫁查母囝返後家厝，就像進廟寺一樣愼重。阿爹講「女大不中留」。做查母人理所當然要離開厝，去適應另一家族生活?做查埔人眞好，無這款煩惱。後家厝有太多給伊操心的事。自阿母過身，阿爹鎮日持著米酒頭仔，難得清醒時刻也是鬧情緒；阿嫂水仔無緣無故雙眼全盲，求神問卜講是兄歌在枉死城受苦受難，唉!鬧得滿村風雨的金瓜冤也冤到咱許家來；阿姐彼個查母囝也犯著豬母癲，嘴邊不時淌著唾沫……厝內無一個好勢的，好在伊去內垵尤家幫傭賺錢。依厝裡狀況，實在走不開腳，偏偏子山突然從臺灣專程返鄉要娶伊，連給伊考慮的餘地攏無，三百圓聘金委實解決厝內許多困境，自懂事到做大人，僅記得厝裡設私塾和日本人頒獎章給阿公那段風光日子以外，尤其阿母往生後，幾乎是過著暗澹歲月……

「秋素！食飽未？」好熟悉的聲音，凝思中猛然回頭，對方影像於秋素暈眩眼眸裡形成一疊朦朧物體。頓了好一會，方濾清尤恩肩膀兩擔沈甸甸的魚，在寒冬氣候，大顆汗依然播散在古銅的兩鬢上。

「放緄仔返來了？汝沒返去內垵？却來外垵？」秋素本能的一連串問號，而尤恩卸下扁擔彎下腰抓幾尾魚往秋素手腕布包塞，然後挺直腰身凝視秋素細緻高拔的鼻樑慢條斯理地說：「恁外垵彼个日本巡佐愛食加蚋，阮爹叫我提寡來予伊……恁尪閣欲去臺灣？秋素！汝來阮厝幫忙好無？最近收成袂歹，厝裡欠腳手……」

「以後才講，我有代誌先走了。」秋素迅速瞟瞷周邊，以乎有人邪眺旁剔，伊急促挪開腳步，下定決心不再去內垵幫傭了。

走得是有點急躁，捉著魚三步兩步逆著寒風奮力向前。爬坡上去還必須經過牛舍，牛舍情況很糟，潮濕陰暗，牆壁欄杆散發出爛蝕的草香，瀰漫著死獸般的惡臭，當坡下魚渣爛成的腐肉，土褐色的麻雀無不飛撲而下來覓食。牛舍後方對著一望無際的汪洋大海，海風洶洶與牛騷形成一股特殊風味。每當心情悒鬱，只要吐納彼味，就像投到慈母懷裡，舒暢無比。假使有人帶伊離開那片惡臭地方，伊便感受到死亡的痛苦。記得第一日要到內垵幫傭，整天魂不守舍，像斷了奶的嬰兒整日尋覓那股空氣。岬角上方一大片馬鞍藤和草海桐，即是時常與伙伴撿柴、做牛糞塊所在處。聽講這裡是離唐山最近的海岸，子山的爹參加抗日軍失敗後，曾逃到唐山避難，阿公早期好像也曾爲了考狀元而越海去過。唐山！好遙遠的名字，它不知是啥樣？有時日薄崦嵫，日頭緩緩挪至岩岸後壁，伊總愛依在岩石旁觀望波波海潮，遙視五彩繽紛的天空，編織平日羞於開口卻是屬於自己切身的夢，伊會有個斯文體貼的尪婿，然後養一群伶俐乖巧異於村裡粗野的囝兒……

而今已有了歸屬，嫁的是查某囡仔伴羨慕的對象，至少伊有機會能脫離這個閉守落後的村庄，飄洋過海至另一個賺有食的世界——臺灣。目前願望達成了，只是又有些許憂傷，似乎取得了什麼，又失去了什麼，心頭亂紛紛像飛蠅始終未能定落來。是子山又要去臺灣？或後家厝令伊牽腸掛肚？

行到坡頂又嗅到那熟悉風味，後家厝就在面前了。阿爹手持三炷香凝注案架頂唸唸有詞：「嶺兒！水仔是眞有孝的一个媳婦，我今日燒去銀紙金，有錢馬舍、無錢舍馬⑤，但願汝有靈現，幫助水仔目睭早日復原。」

出嫁後第一次單獨返厝，喉管無由咽塞上來。

「做人的媳婦，愛三從四德，愛以婆家爲重，後日較無長短腳話，後家厝的面子要顧咧。」尚未坐定，也沒問嫁出的查某囝感覺如何，僅一味講訓，可憐的爹，落魄時陣，講求的還是面子問題。

「哦！對了！汝和子山今年犯太歲，子山欲去臺灣晉前會記得提醒親姆擇日共伝安太歲。」許旺將兩疊銀紙金鬆開置於火爐旁，忽然想起一件重大事似的聲音昂揚起來。

「犯太歲？」秋素問。

「今年龍年，肖龍的即犯年沖。」許旺捧酒謹慎倒在小杯一巡後，並未將酒瓶置妥，反而緊握手中，揚起頭咕嚕飲一大嘴，對秋素憂心忡忡講「莫啉赫濟，酒對身體無好」的話不置可否，倒是逕自嘖嘖幾聲陶醉於瓊漿玉液，然後晃至左廳前好整以暇坐上太歲椅，表示伊有話要慢慢講。做囡仔時代，秋素最歡喜阿爹侃侃而談伊所見所聞的知識，只是彼時阿爹很少有醉茫茫，這時阿爹開始講

⑤有錢馬舍、無錢舍馬：報請陰間死者來領收銀紙金。

了：「古早人觀測天象，以天體運行六十年爲一甲子。咱人依出生時在六十甲子的干支年計算，叫作本命元辰。一旦本命元辰和自已所屬的生肖年對上就有年沖，會破壞個體生命和宇宙間的均衡，會產生災禍。所以呀！恁今年需要特別小心，儘量莫佔人的便宜，斤兩攏應如數，好天愛積雨來糧⑥。」說到此又揚起酒瓶往嘴裡倒，沉了好一會兒，卻悲從中來又侃侃而談：「做人本來攏愛有斤兩，像咱這款毋是歪哥人，王爺公就無保庇，唉！土水師講咱祖墓面向西海無妥當，也有人講咱這間便所門對著慈航寺無介好。俗語講，住場好不如肚場（腸）好，墓地好不如心地好。所以我心內有數，是當年偷取咱那拔仔的老母對咱作竅⑦。駛伊祖媽，大囝彼付臭日本氣的型，專門會幫阿本仔欺侮家已的人爾爾。隱龜食雙點露水⑧，這款貨色也是無好尾梢⑨。」許旺不時舉起酒瓶，嗚咽聲緩緩響起，最後變成喃喃自語，口水、淚水順著紋路蔓延下來，秋素哀矜的喊來小弟。身在婆家却牽腸著娘家，身在娘家却牽掛著婆家。斯時斯刻心頭有如雙頭馬車拉扯。伊務必日落前返去。走開腳後，孺慕之情又昇起，本想苦勸阿爹，多到廟寺走走，一來解悶，二來求厝內大小勇健，話溜到嘴邊，才想起阿母、大兄去世後，阿爹就切心從此不曾往廟寺燒香拜拜了。

⑥好天愛積雨來糧：喻人要未雨綢繆。

⑦作竅：作妖術使人生病或遭災禍。

⑧隱龜食雙點露水：喻駝背身體可多得露水，乃不正投機之人。

⑨無好尾梢：沒有好結果。

傍晚已經很低的日頭，仍舊往下降，冬天的日頭與海平面相接的一線天呈現暈黃，人們把眼睛凝視著它，就像凝視著月娘一樣。生長在這塊土地，海是伊的相好，大概也就是這片大海才足以撫平辛勤困苦的外垵人。下坡往巷道直直走，經過派出支所，又聽到「大人」陣陣吆喝，不知村上又是啥人犯規？阿本仔兇起來叫人毛骨悚然。伊腳步急促起來，奔向這世人所寄望，也是陌生又膽怯的所在，就像奔向大海又愛又怕。這麼晚了，子山的娘會是一副啥樣的面色？

Chapter 3

入船高雄

（1929-1939）

3-1 李子天

炎夏，黛綠紅樹林爲燠熱的白沙灘，帶來陣陣心凉脾拓開。入船町是船隻從海上入港所在，位於高雄川①進高雄內港的西側地區。這日一九二九年的一個禮拜日由旗后町天后宮傳出鑼鼓兵器夾雜吆喝，整條街頭巷尾鬧熱滾滾，在領隊揮汗指揮下，數十人愼重的將王船簇擁圍住，準備啓碇到海沙墘。

「拜託善男信女稍閃一下……」在馬前鑼「噹！噹！」聲下，身披兵卒外衣，手提迴避牌的人馬，沿途「開路」過來，浩浩蕩蕩隊伍魚貫走入白花花海岸。除了從事帆船或發動機搬貨的苦力以外，平時人跡罕至，今日卻人山人海。人們無懼鞭炮震耳欲聾，爭先恐後要摸一下王船，祈求王爺公保庇，討海掠魚滿甌，厝內囡仔大小平安大賺錢……

李子天揮動斬截的瘦長腳手，擠在人群中，拚命摸著王船的帆舵，心中暗暗許願，懇祈王爺公、媽祖婆帶給伊今後好運途。

①高雄川：現高雄愛河。

這邊正熱滾滾煙火鼎盛，一艘滿載貨物帆船順著風，自海彼岸緩緩飄盪過來。李子天機警地拔起腳丫，忘了靠向水的海床而踏著燙滾沙灘飛奔過去迎接。

「少年仔！這遍貨眞濟哦！」大公②站在甲板大聲喊話。

「無要緊！我來就好。」李子天仰著赤銅臉氣喘吁吁的回答。

「大大小小去叨位？去揣查母？」船員淌著汗珠拋著錨鍊，也拋下消遣語。

「攏總去看燒王船啦！」船錨未拋妥，子天就要上去做活。

「澎湖仔，慢慢仔來，較慢也是三个囝③。」

李子天耐性等著……眺望陣陣翻起泡沫的白浪花，好比家鄉湛藍的海水。外垵是伊生長也是鬱結的所在，早年爹只顧自己來臺灣，丟下娘、小弟和伊，自小就從未感受腹肚飽飽是啥款滋味。有一遍腹肚餓到目睭發火金星，大白天明明主家厝內有人，竟不知死活大搬別人的食物，被逮個正著捉去衙門。披頭散髮的娘經人通知，見伊給「大人」修理得不成人形，目睭像決堤海水流不停，終於下決心，兩個囝送一個給人養，減一口糧大家攏好。娘講小弟老實，伊較目識巧④，不致被人欺侮。剛好頂厝呂漢家無查甫囝，就將伊送給呂家吊大燈⑤。在呂家

②大公：船長。
③較慢也是三个囝：喻不要急。如求子則「有囝有囝命，無囝天註定」乃同義語。
④目識巧：即伶俐精巧，一看便會。
⑤吊大燈：即入贅爲婿或爲子。

生活雖然好過，但心情不好過。男子漢志在四方，伊要有出脫的一日。

當初時到媽宮日本料理店做一陣，也是感覺不掌志⑥。彼當時，料理店位於案山里，該社區居民多從事淺海作業，尤其清明前後，港內盛產小卷。每當夜幕低垂，人漢細漢攏總提電土燈在淺水處捉小卷，伊也參與其中。就在這時遇到陳地，在那案山漁火中，陳地敘述伯公陳溪泰是澎湖人到高雄的先覺者。據稱高雄正爲築港、舖設鐵道、開闢市區、日本人淺野亦要在內惟區設水泥廠，到處大興土木，急需大批勞動者。這下正煽起蠢蠢欲動的萬丈雄心。伊馬上辭掉料理店當機立斷打船搖櫓三暝四日到高雄來入港。

「澎湖豬！明明天庭有路，你偏偏來這搶地盤，黑卒仔食過河。」伊正彎著腰，頭驢驢的打拚工事，一夥在地人，有的雙手交叉橫在胸前，有的雙手擱在腰上，來者不善的加以凌遲。

「我也無食恁的頭路，恁哭啥朝代？」彼陣人平時就愛唬人，今日不想再忍耐，伊將五十斤重貨物從肩甲頭卸下地上，急急站直身軀，理直氣壯準備接受挑戰。

「駛恁娘臭╳╳！」說時遲那時快，其中一人就已揮拳過來，怒血沸騰的伊

⑥不掌志：沒出息。

身手敏捷回拳過去，對方鼻血奮淌而出……不知何時碼頭漸漸形成兩派人馬，新愁舊恨糾結，末後鬧到警所。

「又是你們澎湖人惹事！」大人操著生硬臺語，皺著眉心先將伊重重鞭打後才問：「到底發生啥代誌？」

臭狗仔⑦！澎湖人出勞力來臺灣打拚，難道就是次等人？

李子天有一日在山下町發現一條火車鐵軌，三不五時軌道旁會出現汰換掉的枕木。窺探如山如屋的堆木，伊生起奇妙的念頭。搓手眺準道班房⑧作息或不注意時間，即動手搬運枕木到海沙墘防風林旁已瞠妥的歇腳處。驚嚇加刺激終爲自己架起一小片遮陽的地方，這下不必再踻居顯眼的碼頭柱仔腳。平時風和日麗尚能度過，遇歹天時，只有像荒海野地的困獸，叫天天不應，與颱風巨雨搏鬥。「生付食，毋當死無食」，練就一身做事頂眞、會捉目勢⑨、有利就鑽的生存條件。

股份大部是日本人的鹽水港製糖株式會社，就設在伊每日透早透暗走踏的入船町西邊的平和町。會社的酒精工場彼當時正缺一個小廝⑩，伊天時地利被辦總務的林樣看中。正式踏入日本人生活圈，歇腳所在地由搖晃木寮挪至酒精桶下

---

⑦臭狗仔：罵日本人的話。
⑧道班房：鐵路養護單位。
⑨捉目勢：觀看臉色，猜測對方意思。
⑩小廝：雜工。

穩固窩居。會社有工作，但如果入船町有來船，伊照樣爭取工作機會。

今日天后宮燒王船，鬧熱中又有貨物進港。伊李子天現時勢頭和以前不同，朋友弟兄看伊較有了，因爲伊和阿本仔有交陪。

「少年仔！報你賺錢，好毋好！」大公一面戽船底的水，一面對伊講，將伊飛遠的魂叫轉來。

「講來分聽！」

「出月⑪唐山船會載一批福州杉來，出貨了後，需要裝滿貨物返去。」

「空船會翻船，愛有物件來穩定。」

「所以咱做牽頭穩賺。」

「怎樣做起？」

「汝自會社包規批糖蜜，唐山船我去發落，咱來合仔賺。」

彼邊王船正燒得火海興旺，這邊人講得心肝頭強強滾。海灘整片紅絳絳，像好糠⑫就在眼前了。

臺灣蔗糖業，原以引種起家，即遠溯土種時代之竹蔗、蚋蔗亦自外地（福建一帶）引種而來，然而也引來病害。爲防止病害威脅，在一九一三年開始實施

⑪出月：下個月。

⑫好糠：喻人發財或賺了。

甘蔗人工交配育種工作，即所謂抗病育種，實行幾年後，有顯著功效，種蔗面積由九十幾萬甲增至兩百萬甲。因此會社裡流行一句成語：「無甘蔗病害，即無現時優良蔗種。」

優良蔗種帶動大量糖蜜生產。大量生產爲機伶的李子天帶來空前好運途。會社的小廝搖身一變爲冰糖與木材間的經紀人。大陸船彼邊不必再透過大公牽頭，會社這邊人與事，依李子天原有的目識巧，加上小廝時陣做事認眞得人緣，這下正如魚得水，將尖鑽⑬個性發揮得淋漓盡致。伊不但能包下會社的糖蜜，連福州木杉也幾乎是伊的天下。由於糖蜜是唐山仔的寵品，唐山船一靠岸要找的人就是李子天，即使李子天開價比別人昂貴也能成交，每趟談成的生意大部均歸於伊。

包頭事業越做越大，伊陸續託人回鄉廣羅人手，一來人事費用較省，二來提供澎湖子弟就業機會。連小弟李子山也由家鄉來投靠伊。無看過世面，本性又憨厚老實，從未離開娘身邊，就像抑未斷奶的細囝仔，到高雄遇到親人，滿以爲可解思鄉之苦。但是要依靠的人，已不是當年相依到海邊撿螺、會照顧人的子天兄了，而今是日時走跳、暗時滿嘴攏是賺錢，連一句也無問娘好無？雖說伊已過

⑬尖鑽：指善於活動，萬事通也。

繼給呂家，但伊總是娘懷胎十月生的呀！人有錢使，就無「情」可講嗎？李子山時常想不通。

「較歡頭喜面咧，莫規日一副苦面。看著阿本仔愛有禮數，咱是靠人賺錢的。」阿兄對小弟講。

「賺錢？嘛愛有骨氣。」李子山不以爲然地反駁。

「汝這个濫爛，敢參我講道理。」一個巴掌揮將過來，然後嚴厲的問：「請問骨氣一斤値若濟錢？」

從小生活無論多困苦，娘就不甘動手打伊，自仁叔出現了後，娘對伊更加疼惜，但伊卻是爲著仁叔而走離故鄉來投靠阿兄，而今伊失望了。撫著火辣的臉頰，咬著牙根，不吭聲的同時就已決定走出阿兄的勢力範圍。

沿著載蔗糖專用鐵路旁意態闌珊，突被眼前成堆枕木勾起靈感，只是第一回合就被道班房逮個正著。

「汝偷提枕木做啥？」日警兇蓋蓋問道。

「我……」不曾做過越軌之事，臉色發青，舌頭打結。

「除非有人保汝，無則汝必須遭扣留。」

「我阿兄李子天……」

「汝是李子天的小弟……」日警慢條斯理撫弄下巴的小山鬍，一面打量對方驚慌失措的老實款樣，這才揮揮手示意李子山可以走開了，小弟靠兄哥勢頭逃過一劫。

爲擴充志業，李子天雄心勃勃又轉向海運，除看好這途有賺頭，更加因爲對海有特殊感情。伊不像結蘭之交林西迦專門收購價格低落，有鹹水浸漬的苓雅寮、戲獅甲、高雄川旁等荒地，然而伊受影響也象徵性與之投資，但大部心力全放在開拓高雄至媽宮、東石、安平之輪船業上。當時臺灣航運分日本線、沿岸線、華南線、華北線，四線加起來只不過十六隻輪船。澎湖與臺灣間就僅靠帆船搖櫓。

帆船依風向行駛，順風尚可，逆風時不僅飄在原海打轉還有倒退可能。尤其近澎湖之處有黑水溝，如海峽潮流受貿易風來襲就會產生渦流，帆船一入渦流，舵將失去控制，而慘遭沉沒。因此開拓輪船是當務之急，也是未來趨勢。伊運用仲介賺來的錢並向總督府申請補助費伍仟圓，開始發揮伊精靈頭腦。於是和興丸、永定丸陸續穿梭臺灣海峽運轉。事業漸有勢頭，但是外按彼邊的家內，順仔卻是怨嘆連連……

3-2 空房騷動

在外垵一九三二年十月天，曠地稀疏的番薯葉被火燒風吹黃了，雙眼才睜開又被驚沙亂打。山丘小巷被東北季風吹得呼呼作響，後浪推前浪，推得海床怒吼發號。

在南方水平面上凝集著的，看來像是灰馬一般的大雲壁，現在三五成群在天空飛舞，風將它們攤開、拉長、擴大……搖撼著一切的大風，始終越吹越猛，這種天候漁民是不出海的。

討海的工具一隻一隻從海裡扛上陸地。猛烈的海風，颳得風沙連連，居民目瞷發紅，也將成堆的蒼蠅衝得翅膀飛揚，像一幅幅會動的潑墨。大地上的生物被風整得東倒西歪前途茫茫，唯獨在廟口前，那飄揚的旗幡，紙燈篙閃著的紅光，象徵著這光禿禿的島嶼還有一些生氣。

十月天，做平安醮的日子，每年無論賺有食或賺無食，村內大大小小攏趕到公廟祭拜，前年求福，若如願或出海順利，今年則傾其所能款備數碗祭品或點燈前來謝恩，並祈求來年之福。

廟前廣場正中央，已高高地聳起七根長僅十餘尺，不像前年用長達廿餘尺的竹竿。一來怕禁不住大風吹襲，二來怕入不敷出。前年爐主就因爲想大做法事，備過長竹竿招來過多好兄弟，事實上，村裡無足夠牲禮分配，於是靈界鬼神向爐主討債，過不久爐主發一陣風寒即與世長辭。今年爐主已有前車之鑑，再加上歹年冬，伊發出靈界的請帖只好縮短了。

宮口紅燈、黃旗、煙火裊裊，巍然的打點，不僅是對靈界的呼喚，也昭告村民趕快前來祭拜。

李家媳婦許秋素偕婆婆祥嫂，天尚未亮即開始發落炊粿工事；天漸露曙光，小叔即到海邊沙仔內挖蛤仔。厝內會作事的，攏在勞動筋骨；不會做事的，秋素的囝兒，李家的大孫李連仁，剛學會走路，也在西廂房忙得團團轉。鐵釘仔脫落一半，以致置於阿母梳妝桌頂的紙張隨著猛風飄晃嘩喇。小腦袋凝望許久，使出奶力爬上椅仔頂，瘦小身軀倚俐靠在石牆壁，伸出兩隻小手，費好大的勁把紙張扯下來把玩，一會兒又放進癢癢牙床使力的磨，這時被外邊衝進來的連源兄撞見。

「俺孇仔！阿弟仔佇房間內弄破紙啦！」六歲的李連源照娘呂順的吩咐自頂邊厝跑來看阿媽和阿孇物件款好沒，以便做伙去公廟拜拜。如果連源的爹李子天不過繼給呂家，算來伊應該是李家的大孫。不知潛意識底就無情願做別人的囝或對連源的娘無情意，李子天自到臺灣，不但還原自己的李姓，還將母子拋至九霄雲外。害祥嫂眞歹做人，好在呂家查母囝順仔，認眞講是伊的媳婦，雖然對李子天有怨嘆，但對伊眞有孝，三不五時會來看伊，有咪配也會取來分食。

「宜兄宜弟」、「止於至善」是秋素秀才阿公許佛續在世時最喜愛臨撰給學生四書裡的詩句。彼靈秀超脫的字體，親像阿公在修身堂講學的神情。這間厝內也似乎只有這兩幅字畫才有那麼一丁點秀才囝孫的款樣，也是秋素心底無形的寄託，翁婿李子山曾戲謔講這是伊上好的嫁妝，而今卻被細囝揉成一團了。

「死囡仔災！」秋素見兩張阿公遺墨被搓得亂七八糟，心火湧騰，舉起手像雨點落在小身軀上，阿仁一邊哭號、一邊投到阿媽懷裡求助。

「夭壽哦！嘛袂當作飯食，兩張廢紙有啥路用，教囝也毋是這種教法。」祥嫂氣急敗壞吼向秋素，然後心疼地抱起滿身淚水鼻涕的孫仔柔柔的講：「來！

乖孫，阿媽導汝去廟裡看鬧熱拜拜，保庇咱阿仁勇健好養飼。」

秋素忘記怎樣挽著謝籃逆著風沙下坡躓步到公廟。只見大殿燈火輝煌，神案排滿斗燈，屋樑密密麻麻懸掛著鯉魚旗。醮局主事身著黑海青，面容神肅，佝僂身子，緩緩而行。每隔一定時間，即有旗牌官進來領旨詣神。其中一個皮膚赤銅，中等身材，三十出頭的旗牌官聽說與阿嫂水仔有交陪。

阿嫂人不壞，就是愛風騷而已，曾被村民講：「是頂面梌，也是下面梌？無則一隻續一隻用袂煞？」睥睨右手方持著香的阿嫂與彼個旗牌官交會的眼神，秋素恍然大悟，想來聽聞是事實了。自兄哥海難往生後，水仔守寡也有二、三年吧。感謝上天，阿嫂的目睭也漸漸復原了。不管如何，秋素掛念的是阿爹，如果阿嫂再嫁，厝內就無查母人照顧了，手指緊捏著三炷香，心內唸的是保庇阿爹老康健，翁婿和囝兒有婆婆許願就有夠了。

順姐面色蒼白，口中想必唸的是在臺灣的翁婿李子天有一日回心轉意。聽講大伯在臺灣飼查母。當彼邊傳來這種消息，差一點順姐就去見閻羅王，但自海裡救起來後，大部分時間也是恍恍惚惚。其實這種事件，庄裡已是屢見不鮮，因此有一句話連細漢囝都會朗朗上口：「查埔人臺灣飼查母，查母人外垵守空房。」

「趕緊去臺灣較穩當，查埔人無查母佇身軀邊攏會作怪。」順姐清醒時，就一本正經勸導伊。

子山應該不同於一般人，伊雖然去臺灣，但至少二、三個月即搭船返來看看咧，不然也會託人帶消息。子山曾慫恿伊早一日到臺灣做伙打拚。叫伊輕易離開這塊「血跡」①，眞是難呀！最主要婆婆也無意願去生疏所在，子山也就打消原先的堅持，自己一人在臺灣繼續打拚。

臺灣對秋素來講，既驚嚇又陌生。阿叔參加抗日軍就是死在彼个所在，阿嬸外家厝蕭壠村亦是因爲日本兵而夷爲平地！這是伊起初時對臺灣產生的夢魘。在外垵看到阿本仔兇蓋蓋時陣，是抓賭揪人浸入面桶吃水或吆喝打罵，尚不至於打死人。只要安份守己，和日本人也無啥相交纏。聽子山講，在臺灣日本人橫起來，叫人做夢攏會驚醒。另外臺灣的在地人和澎湖人也不甚好勢。爲著打出一片勢頭，豬屎一個錢一斤也得撿，出外條條難啊！但是長期住在這個光禿禿看天時吃飯的島嶼，以後囝孫恐怕無啥出脫的一日。臺灣是他們希望加寄託的聖地！

做了醮，猛風也緩和下來的村落寧靜多了。太陽依舊從溫王廟左側的雕樑

①血跡：出生地，根之所在。

昇起，只是聽不到咚咚鏘的鑼鼓聲和煙火裊裊的朝拜人群。沉寂的公廟，使外垵突然顯得蒼老和無力。醮局的執事，沉默地走到廣場前端的燈篙下，將鉛絲繩索解下，輕輕一推，七隻竹篙在空中劃上最後一道弧線，似乎完成一種有形的、被信奉的偉大任務。然後無形中又繼續扮演善男信女被庇蔭的篤定中，能一步一步往前走，心頭若有定，風雨再大也往前行，衝出生命的願力。

一個單調的秋日初晨，爲防風沙和日曬，秋素持起一條白底黑格布巾，熟練的將烏亮長髮和整個頭面團團裹住，全副武裝準備從事一整日工事。伊知悉西仔埔頂後山西南邊有一處淺海是海棲生物迴游棲息所在，只要一退潮，海岸邊珊瑚礁及沙丘間隙即會呈現各式各樣小魚類。但欲到達彼所在，尚須爬坡越丘再徒步下坡，離村落也是一段遙遠又坎坷路程，罕得看到人跡。兄哥就是在這附近發生海難的。子山要去臺灣之前，相偕來此祭拜，彼當時正初一巧遇退潮，意外發現這個秘密地方。

「眞好！以後毋驚無腥配飯了。」秋素捲起褲管，大腳盤站穩水中，當密密麻麻螺蛤類攀附礁石呈現在眼前時，伊大聲歡呼。

「以後不准單獨來，欲來愛有伴作伙來。」子山很了解秋素個性，而提出警告。

此後曾偕順姐或查母囡仔伴作伙去，順姐去兩遍就奉勸秋素免如此打拚。確實，置身於一片似乎被世界遺落的荒丘曠海，天上籠罩著一幅巨大白色帳幕，這帳幕越往水平線下降，越顯得陰冷和晦澀，壓得人喘不過氣；而在那底下的水像一面會發光的利刃，躺在地上發射出一股令人目眩寒慄的蠕動；加上附近頻頻發生海難，雪仔就在此跳落海，若無堅韌驅動力，是無人願意來這個地方。

秋素從小最怕的鬼魂和黑暗，但自伊長大生囝後，已被生活艱苦的擔子驅散到十三天地外去了。特別思起沉甸甸的漁獲物，婆婆愛吃的「鹽漬」，不必再去內垵向尤家討，有了腥自己即可製造，厝內大小也有咪配可夾。每到初一或十五，退潮時陣伊就蠢蠢欲動。

今日初一，婆婆透早就到廟寺燒香拜拜，續落去，可能會和天祐叔仔練唱南管。婆婆自小即無好日子過，如今熬成婆，該讓伊有喘氣的時陣。只是婆媳之間，由子山當初無順伊老人家願望娶春仔，心內還是有些許怨氣。伊認眞扮演媳婦角色，加上兩人因共同寄託在臺灣打拚的子山，而有了同舟共濟的方向，漸漸進入相融，作伙面對生活的甘苦。

抬頭看望天色，日頭已爬上東廂房石牆。先彎至西仔埔半山頂慈航寺旁，彼個荒廢已久的那拔園內祭拜阿母。至於阿祖阿公小弟均分散於埔頂，無法一一巡拜，伊必須趁早趕往西南邊淺海處，多撈些漁獲物是當務之急。繼續斬草除荊，亦步亦趨地爬坡上去，越過一塊塊頹垣包圍著微微隆起的沙丘。雜草、荒野、墳墓一切都有著相同的顏色，整片地方像被海風侵蝕吹焦了似的，一種淡黃斑點的灰色蘚苔蓋著那些磚石……唉！活跳跳生命到最後就是這種歸宿，心底淡淡的哀愁，馬上又開步走，伊無太多時間惆悵。

山途野草中，稀稀落落雜著幾棵路黍栽。伊放下竹籃和括刀，在路黍栽中間認眞翻尋發黑部位，準備摘下返去當菜餚。正當欲往第二栽尋覓時，左前方雜草堆上一陣騷動，本能的反應，血液即刻上昇，全身雞母皮聳立，耳膜嗡嗡叫，呼吸靜止下來，腳跟想挪開卻是千斤重。沉了一會兒，血液漸趨穩定，迫使伊窺視一幅驚心動魄畫面。有兩個人相交做一堆，上面的人拚命晃動，下面的人雙眼緊閉口中傳出呻吟，男歡女愛巫山雲雨會……伊想飛步跳開，又怕被發覺。事實上，彼兩人很認眞在辦事，根本無視這個天地間尙有生物存在，伊不敢正視，卻又情不自禁偷瞄一眼，從那人的側面看起來很像做醮的旗牌手，仔細再往下眺望，那人不正是阿嫂水仔嗎？伊不管是否會被發現，即飛奔跑向另一處草坪，喘吁吁坐在地上，酸澀湧上心頭，不知不覺爲阿兄淌下淚水，並面向東北喃喃自語：「阿兄，咱的人已經無佇世間，汝就免在意，安心去投胎吧！」

宇宙生物最原始的需要，一種是保存個體的生命，一種是保存種族的生命。爲要保存個體，所以發出種種活動去求營養，爲要保存種族所以發出種種活動去求配偶。求營養和求配偶成爲生命的兩大工作。所以食和性的活動，是一種完成生命工作的自然傾向。

營養漁民生命的魚類，還有另一種不知不覺燃燒在人體內慾之火的功能，於是所謂「忠貞」有時抵不過那「食色性也」的原始本能！

一對交纏著尾的灰橙蜻蜓，狂繞著秋素面前飛舞。空氣中流轉著海藻與魚類的濃濃腥味。海風呼呼擦身而來，搖晃那寬鬆的對襟仔衫噗噗作響，若有似無地碰撞著發脹的乳房。燠熱突地遍及全身，那是月事要來的前兆。舉起雙手揉捏乳頭，想起要餵囝兒，然而發癢的乳頭並不是囝兒吸食就能解決的快感。

心頭亂紛紛，加快腳步，往西南邊奔去。伊心內有打算，待做完工事，務必上公廟一趟，「跋筊」問神，伊秋素早一日去臺灣有妥當否？

3-3 李子山

穿過蜿蜒三里的砂嘴港灣，還是一片輪、帆船錨地。高雄築港自明治四十一年（一九〇八年）起工，至今已過了廿二個年頭，還是未做好海陸聯絡之完全圓滑計劃。不論出港或入港，船舶的體型，都在擴大，這是日本當局實施其「農業臺灣，工業日本」殖民地經濟政策所延伸的必然現象。至昭和五年，一年有近 萬噸尚須人力來完成海上裝卸工作。在初秋欲暮時辰，尚未普遍點燃燈火，淺水碼頭雖然穿梭著氣喘如牛的苦力，但黝暗秋風中的港口，彷彿還保存著些微開工前洪荒的氣息。

扛卸了幾千公斤貨物後的李子山，連氣都尚未換喘如常，即邊咳邊穿越幽灰的岸壁，直奔哨船頭，探望有無澎湖開來的船。已落空兩遍，伊盼望秋素能搭上這班船。自從伊自廳民會得知彼岸牽手近日將來臺，就掩不住心頭歡喜，更是努力扛貨，每日由一百袋增至一百廿袋。弓背扛起的衝力，源出於願望加責任。只是起初時不自量力，不小心閃到氣管，三不五時就嗽不停。

「少年家是愛打拚，但是拚命就毋好。汝兄哥李子天現時眞有勢頭，叫伊共汝引寡輕鬆工事來作，兄弟出外本來就愛互相照顧。」哈馬生國術館的阿岩師林水堯，一面推拿子山的胸口，一面關心的對伊苦勸。

「靠家己自由自在，人情世事一大堆比做苦力較沉重！」李子山穿妥襯衫，並準備將手伸進褲袋，卻被先生娘強力按住。

「提啥錢啦！汝老母眞有福氣，飼一个乖巧有孝的囝兒，叫人羨慕。」先生娘矮小身軀，如慈母般仰視著伊英挺的鼻樑。

「眞歹勢！定定予恁照顧，但是無錢藥食無效矣！」伊還是提出錢來。

「看到你，親像看到阮厝的和仔……」先生娘一談起自己的囝兒眼眶就紅。

林和是林家唯一的查甫囝，是哈馬生臺灣人數一數二讀過公學校的知識份子。兩年前李子山來臺灣向林家租厝時曾遇過幾次面。由於個性耿直，好打抱不平，曾把橫行跋扈並屢向伊小妹戲弄的日本水兵，打得血流骨折。後來經鄉親合力協助漏夜驚險的將伊護遁至大陸。伊逃走後，日本當局捉不到人，厝內相對受到嚴厲監視。好在對方的骨折，林水堯細心給伊治療，並經常哈著腰賠不是，對方才慢慢緩和下來。

林和逃亡也有一年了吧！聽講伊人在上海並參加「臺灣反帝同盟」的組織。這是由在上海的一批臺灣進步青年組成，以反對日本帝國主義侵略中國，配合臺灣本島人民開展抗日運動爲宗旨，聽得伊父母在臺灣心驚膽跳。

這款處境對李子山來講並不生疏，伊阿爹李祥也是爲著加入抗日軍而倉皇遠走天涯，只是阿爹一去就音信杳然。李子山和林家除了有緣之外，還加上這一層的心有戚戚焉。每碰觸這個問題，就像一陣暴風雨的亂流迎面飛來，把林家兩老撞成不能癒合的內傷。

「先生和先生娘做人眞好，吉人自有天相，免傷煩惱啦！」每談起林和，子山就由衷這款安慰。

生活有如磨石，究竟將人磨亮或磨碎，要看人的質地性向而定。李子山自小與娘在困苦中相依爲命，小腦袋會計算到腹肚空了就是餓，娘的腹肚大一定比自己更餓。伊常常爲了厝內僅有的一碗番薯推來推去。有一次當伊餓得捉狂與兄哥李子天搶著食物狼吞虎嚥，才發現娘沒得吃。此後必定見娘有得吃，伊才放心吃下去。

腹肚好餓，頭殼也求知若渴。在家鄉除了上山拚別人遺落的土豆，或下海翻尋大人撿剩的魚類，伊的身影大部分窩在公廟邊彼間私塾內面認眞聽先生唸經講學。有一日娘歡頭喜面對伊講：「先生看汝眞愛讀冊，叫汝有閑去學寫字免交學費無要緊。別人對咱好，一生攏愛記在心內，這是做人的基本道理。」

做人的道理，自「人之初，性本善，性相近，習相遠……」而有了依循。三字經在老先生一字一句的註解詮釋，智慧的門窗，由茅塞而漸開，不論有懂沒懂，打從心底喜愛彼種書香氣勢，伊爲自己起一個也是自我期許的別號「李德修」。孔子公講：「好學近乎知，力行近乎仁，知恥近乎勇，知斯三者，則知所以修身。」內心理念的這塊磨石，常浸沐於古聖先賢語錄中琢磨。

伊此種一心想求知、求仁、求勇的意志，與兄哥李子天的「生付吃，不當死無吃」有利就鑽的生存條件，卻是南轅北轍。這塊「宜兄宜弟」磨石，特別在李子天牽手對這個鄉下小叔不甚友善的態度之下，顯得暗淡無光。

爲著生活遠走他鄉打拚之餘，鄉愁似洶湧海浪，不時在心底撞擊，而今秋素終於要來團圓了。

是走得太急切，以致本已漸有起色的咳嗽，又斷斷續續夾雜在等候的人潮中。大夥兒視線焦點是彼扇斑剝木門。走走蹲蹲一炷香時間，人群突然騷動起來，表示有船要入港。木門緩緩啓動，大伙蜂擁而至。巡查一吆喝，強強滾一堆，乖乖洩散，靠邊站成一條蠕動的粗蟒。船上人陸續登陸，鶴立雞群的李子山還是拚命躋高腳跟、伸長脖子，焦急矚目魚貫人群，但願今日不再落空……。有了！一眼即認出細長高眺的牽手，兩手提著鼓鼓的包袱仔一手牽著囝兒連仁怯怯的東張西望。

「嘿！秋素！我佇遮。」

「……」託付一生的尪婿，一旦在異鄉相見，卻是既熟悉又陌生。

「俺娘好無？」。

「當然娘誠好勢。」秋素感覺奇怪，子山第一句話竟然是伊的老母，毋是後生。踏上這塊生疏所在是人生另一個重要開頭，加上整個人還在海上飄浮，秋素緊閉雙唇，顯得有點不知所措。

在這個夜幕低垂，一大片海灘和鹽埕的高雄，不斷接納情怯又滿懷希望自臺灣海峽彼邊來的異鄉人。

李子山自籤仔店購來一瓶「納木那」①。伊重重壓下瓶口小玻璃珠，「碰」

①納木那：汽水。

一聲，瓶內汽泡頓如開水沸騰般的上湧。伊急急遞給在旁傻愣愣的秋素：「來，汝和阿仁共家啉！解嘴乾。」

一點也無心理準備，又怕瓊漿玉液溢漏掉，伊緊接一口一口的喝，喘一口氣後，舉起瓶罐一看，已喝掉一大半，伊歹勢，將瓶子遞給子山。

「我袂嘴乾，汝參阿仁啉就好。」子山又推回去。

緊繃的心弦被涼涼、甜甜、嗆嗆的液體，溶化開來。抬起頭凝視子山，露出了在外垵廟埕相會時，常有的笑容。

澎湖的少年人到高雄謀出路，大部分攏去當學徒習技藝以餬口，但總要待三年四個月才得「出師」；另種人，與其說是性急，倒不如說較有耐力吃苦，選擇到岸壁做粗活的苦力。李子山前後三番兩次到臺灣，尤其有家小後，更具面對拓荒的壯士精神，根本不以有頭有面的兄哥李子天做靠山，人窮志不窮呀！

吃苦後有代價，是人生最快樂的時刻。如今有水噹噹（庄內的人攏這樣講）牽手作陣來臺灣打拚，歡欣鼓舞在心內砰跳。月光襯出秋素標緻的臉蛋，微風吹弄那隆起的胸前，一種生理本能的湧勃，恨不得此刻已在厝內了。從哨船町好不容易走到新濱町已是子時了。

林家夫婦尚未就寢，面容憂戚對坐在大廳。

「子山！你可返來了，明仔載陪我去臺中一綴。」林水堯欲將千斤重擔揮掉似的，在桌頂重重彈著煙槍。

「發生啥代誌？」子山輕聲問道。

「林和被押轉來臺灣，關佇臺中監獄。」

「啊！那會被抓到？」

「是伊彼個秘密團體被上海的日本特務偵破，成員先後被捕。」

這樣不是罪加兩等了嗎？想到日本刑事刑人的猙獰模樣，叫人不寒而慄。

李子山像隻落水狗愣愣的站著。先生娘蹲在厝角泣涕起來。

還來不及適應異鄉的氣溫，凌厲的暴霜即猛不及防地降下。秋素看到先生娘眼淚溢匯，從那兩條淚痕伊回憶到阿嬸躺在黑漆漆眠床，得知阿叔被日軍殺死的消息，還有……。

人生確實有許多無奈和艱困，特別在異族侵凌之下。但生活總是要過，只要練就不慌不忙的態度，保持鎮靜，時間總會幫助解決問題，這是秀才阿公面對困境時最喜愛掛在嘴邊的訓世言。而今秋素最迫切需要的是能躺下來好好睡一覺，天大煩惱等明日再講。

3-4 勞碌鴛鴦

這是由數十家茅屋形成的一個聚落。「近水知魚性，近山識鳥音。」發源於五塊厝，經大港、三塊厝流經頭前港與後壁港的高雄川，是兩岸各聚落賴以維生的主要憑藉。

高雄川因海水與淡水匯合，棲息的魚類繁多。河流布施水，水布施魚類，魚類布施人類。思想起那條寬廣河床具上天賜予的自然資源，這日一九三九年的春天，秋素將一頭烏亮柔直的長髮攏集成堆往頭殼後挽個圓髻，收下鏡子，拍拍對襟仔衫肩甲頭遺落的幾根毛髮，然後打開窗戶，讓清新空氣進厝內，做一下深呼吸，隨即一轉身向尪婿一盼，那雙眼睛，有如寒星般晶瑩有神，只因爲心中有個上好策略，需要對方撐志。

「咱去捕魚賺錢！」

「討海？」子山頭未抬起，逕自釘著由岸壁撿來的木材認眞製作衣櫃，不很熱衷反應。

「甘單有一領魚網、一隻竹筏就會使。」

「講著眞簡單，捕魚嘛愛技術，佇外垵就無討海過，到高雄顚倒愛討海？」

「魚網我會曉織，認眞織四、五日就織好。竹筏仔會當向東邊彼間大瓦厝的陳家借，伊後生做人袂歹，我有淡薄提起。」秋素蠢蠢欲動之心並未因子山的冷淡而減退。

「……」搬來僅兩個多月，牽手就人頭熟，查某人實在話頭長。伊略爲挺直身軀眄一眼又彎下腰身繼續伊的工事。

「咱後壁港和頭前港中間彼條河有各種的魚，假使有收成，咱嘛會當做生理。」活跳跳的魚隻彷彿就在網中了。

子山自透早到透暗攏出門做工，倒失覺察厝邊彼條河川的魚擠到可從中討生活。尪婿在外打拚，秋素在厝內篤篤想，「有生若無孵」絕對不是好現象，總是愛尋些牽頭①來做，不但會改善生活，還要把心所繫親人自澎湖接來高雄的願望早日實現。人能有願，好比燭有焰，潤亮暗澀生活的能量。

①牽頭：工作。

原先居住的所在哈馬生，大部分住著日本人。厝主林水堯因曾治癒日本官員兒子的骨折，而獲得行醫牌照，同時也救出被修理得神情異樣關在臺中監獄的囝兒。然後即到鹽埕町四丁目開了接骨院，而李子山他們就搬到後壁港這個聚落窩身。

子山到高雄港做苦力，愈來愈歹賺食。吃苦伊不怕，怕的是爭地盤的是非，還要看工頭和巡查的目色，實在不是永久的頭路。

路是人走出來的。秋素的認眞出乎子山的意料，使伊由不在意到熱衷參與只不過一個禮拜之間。捕魚對出生漁村的秋素，一種如魚得水的適性，是貼近鄉情，也是勤勞的根源。別人賣一日一次即喘吁吁，伊一日三次，自哈馬生兜售到三塊厝，腳底起泡卻甘之如飴。一大早，尪某兩人一組，伊划竹筏，子山站在筏頭撒網。每當撈起沈甸甸的拋手網時，深深體會賺有食的高雄比起外垵眞是個好所在。

只是好景不常，其實好幾日就有不適徵兆，但想起有魚可賣就忘記身體的異樣，還特地跑到哈馬生和日本人作生意可以賣到好價格。彼日黃昏時分，正與阿本仔太太比手劃腳之際，頭殼中心一陣黑天暗地，轟然一聲暈倒在地，同時也流掉四個月的身孕。從此子山死也不答應再走捕魚這條路，伊甘願自己一人作工養家。賺錢要緊，生命愈要緊。總講一句，千算萬算不值天一劃。

秋素躺了幾日，心裡卻耿耿於懷二錢五厘尚未找還區長高木太太。彼日能下床就勉強支撐緩緩走到新濱町。初秋季候，陣陣涼風吹來，如潮湧、如急雨般思念起囝兒以及家鄉親人。「鍋裡有，碗裡才有。②」伊需要再另找工藝來做，想著，頭驢驢走著……

「歐桑！你身體復元了？」

「高木歐桑！我當欲去汝厝呢！我閣欠汝的錢。」秋素興奮的說著，手急急伸進胸邊口袋。

「今日無賣魚？」

「阮頭家無願意我閣再捕魚賣魚了。」講到此，頓了一會，睎視對方略為謙卑試探著又講：「歐桑！汝有啥工事我會當做的，像洗衫、煮飯、顧囝仔……」

「你先生做啥的，現在Aluminum③會社欠工人，叫你先生去試看覓。」高木夫人略為低頭，突然抬起頭提高聲音。

②鍋裡有，碗裡才有：關係一體，甘苦與共。

③Aluminum：鋁。

「啊！眞好，多謝！多謝！」好似鍋碗的食物已開出好年冬的花蕊。

日本人據臺以來，高雄一直受當局重視。自發動蘆溝橋事變後，日閣的南進政策更積極拓展，因此高雄之商工業跟著發展。昭和十年（一九三五年）在高雄成立的日本鋁株式會社，也大動起來，也爲李子山開創天時人緣的就業時機。

由區長高木拾郎指點，到設廠於戲獅甲的「阿魯迷」會社，經過簡單面試寫下自己名姓就即刻上工。先做臨時工，表現優異才能升任長工。

鋁礦提煉之前，先要磨碎，磨成的礦粉，再以蘇打液混和成爲紅色礦漿，這是氧化鋁的初步工作，李子山首先被派在此崗位。磨碎機一日廿四小時需不停轉動，一日兩交代，換句話說，一天工作時間需十二小時。每日完工返厝整個人像洩了氣的皮球，然而隔日上班時間一到，又是精神抖擻。

「目睭紅絳絳，足痛吧?!會當上工嗎？」工廠領班問。

「蘇打水眞厲害，稍無注意就潑入目睭內，以後我會特別小心了。」子山謙虛對答。領班做人眞好，是伊遇到的日本人最和善的一位，不像岸壁工頭對人兇蓋蓋。

「身體無爽快就愛休息。我有目藥水，明仔載取來予汝點。」

伊熱愛這份頭路，雖苦但使伊感覺做人有尊嚴。無論日本人或臺灣人，只要做人照步來，攏値得人尊敬。有時臺灣巡查補鴨霸起來比日本刑事更可怕。這是伊舊年和厝主林先生去臺中監獄探望林和時親眼看到的現象。世間人有勢頭就赤焰焰！講到勢頭，自己的兄哥和彼個兄嫂也是相像。唉！出外有親兄弟有啥路用?!

子山認眞鋁廠的幹活，不到一年即升爲長工並被派往電解部門，從鋁礦煉成氧化鋁已是千辛萬苦，歷盡煎熬的了，可是由氧化鋁煉成純鋁這半段路程卻更加艱鉅。遑論其他，單就電解熱三千度的工作場所，人好比熱鍋中的螞蟻。許多兄弟耐不住而紛紛求去。由於電解太苦，大夥兒就流行一句話：「要嫁市府挑糞，不嫁鋁電解。」

農夫儘管收穫不多，仍低頭苦幹。工人體力透支仍披星戴月走下去。因爲攏有一個共同願望，只要能減輕家族生活壓力，本身吃苦也是有價値。

「來這我實在袂習慣，閣導我返去澎湖了！」目睭幾近全盲的祥嫂，好不容易等到子山踏進門檻。

「俺娘！汝看我今日帶一个會扭二弦仔的結拜兄弟來，欲和汝唱南管！」

子山歡頭喜面輕柔的迎到娘面前。為安撫不能適應異鄉環境的娘，使伊想起娘的趣味來。

「坐啦！」聽到有生疏的人，祥嫂語氣轉為緩和。

「多謝！」許天福放下二弦，彎下身軀坐在榻榻米上。

這時秋素剛從日本人厝裡洗完衫喘吁吁走入內，見有客人，打了招呼後，即忙著進灶腳要煮飯。

「秋素！這有三帖娘的目睭藥，照三頓敖予娘食。」子山跟著到灶腳。

「聽講紅毛土④會社欠人，我想欲引小弟來。」秋素一邊講著，一邊將一包剩菜倒進鍋中。

「有臭酸味！」子山望著鍋中餿物結著目頭。

「滾滾咧就會當食，番仔婆眞討債，好好物件就毋食矣。」秋素頓了一會兒，繼續懇切探詢尪婿意見：「叫阮小弟來臺灣好無？」

「隨在汝啦！」

將小弟自外垵接引到高雄不到半年，半屏山即發生事故，工人死傷數十人，小弟被人從紅毛土拖出來已是面目全非。後家厝就這樣斷後了。凡是美德都

④紅毛土：水泥。

在顧及別人中完成，然而美德與負軛只是一線之間。

「人死袂當復生，這是伊的命，汝也毋免怨嘆。」暗夜裡，子山安慰飲泣的牽手。

「……」六榻的空間穿梭著六個此起彼落的吐納，秋素怕驚動老的、小的，伊含淚吞聲任子山在被窩中撫慰。

人們在極端苦痛中，還有一招最原始的療傷秘方。白天的拖磨、內心的負軛，暫時疏解於那一定點的高潮。

暗柔的夜晚過盡，光焰焰的白日呈現，又是一日勞碌的開始。祥嫂常講「兄弟血緣，尪某契約。」子山了解娘的心情。這日下工了後，以一種矛盾情結又來到門檻上掛著「李子天」，右側門邊懸釘一塊「國語家庭」的一座氣派的庭宅。僕人以日語詢問子山來意後，即被帶至大廳上。事實上娘來臺後，就曾來過並要求兄哥去探望娘，但就不曾見過有頭有面的李子天探頭來。爲著不忍傷害已全盲的娘，伊一直編著故事，兄哥不住在附近很難連絡上……

「現時爲著船務代誌無閑戚戚。」子天穿著一身和服便衣緩緩以日語說將起來，乍看之下還以爲是眞正的日本人呢！

「我毋是來聽汝的無閑經，我是來拜託汝去探望目睭已經無看著，日夜思念囝兒可憐的老母！」子山以臺語一字一句重重拋出後，逕自走出庭院，悶悶拖著沈重腳步返去。

「我昨暝有夢著子天來叫我去伊厝蹛，夢內實實在在，這是一个好兆頭。」祥嫂聽到腳步聲，知道子山入內了。

「『阿』返來了，咱會當食飯了！」囝兒歡天喜地迎向阿爹。

「今日這呢晚？佳哉娘規日攏咧想伊的好夢。」秋素見著尪婿鬆口氣笑盈盈忙著進灶腳款碗筷。

厝內暗淡的燈光卻充滿著溫馨，與剛剛在子天住處亮麗燈光下芒刺在背的感受是天壤之別。

沒有痛苦不能成爲生命，沒有歡樂也不能成爲生活。生存是在痛苦與歡樂兩個相銜接的齒輪磨滾下，循序漸進，這眞是一個輪迴的世間。

Chapter 4

顛倒歲月

（1940-1946）

4-1 風露草枝

貧赤是無路用的角色，習慣戲弄懦弱的人。但只要聽見剛健腳步聲，就像老鼠縮頭返去，伊戰不贏世間打拚的意志。如果再踏著好時機，「天飼人，肥律律①」哦！

李子天在外按自懂事就被貧窮所困，及長後到臺灣潛意識非將這個夢魘連根拔起不可，另外伊也不讓囝兒與自己有同款命運。只要有錢賺，即使披星戴月亦要走它一程。天不奪人願，伊除了船務事業外，又經營甘仔店出售的南北貨，諸如柴魚、魷魚、海帶、魚脯、鰱魚、海苔……這些都是由日本本土進口的，所以要經營此業，非擁有雄厚財力是無法做到的。

事業有成，臺灣這個細姨牽手也爲伊生五個查埔囝，伊一一努力栽培：大後生高雄中學畢業後，再往京都府立醫大深造。二後生升入東京帝大法學部。三後生雄中第四屆畢業，繼續在南師深造。四後生就讀東亞經濟專修科，五後生自

①天飼人，肥律律：天要造就的話，一切都很順利。

小對音樂和畫圖有淡薄天份，眞正是五子登科。

這種家庭對澎湖人移民到臺灣來，係罕得的成功模式，加上伊每年的稅額高達一、二萬圓，巡查看到伊都要客氣三分。自昭和十二年（一九三七年）七七事變發生，太平洋戰爭期間，日本當局對臺灣人的軍事徵召至中國或南洋戰場幾達白熱化階段。名譽上是徵志願兵，實際上還是有強迫意味。這就要看管區的眼力了，而李子天厝內的五個壯丁，卻是那麼巧妙沒有被管區青睞，但是家內的黃金飾品，卻被「國防獻金」的榮譽感，括得一乾二淨。世間事，有一好，就無二好！

昭和十三年當局又設置「經濟警察」制度，日本巡查更將其權力發揮到翻雲覆雨。大人見到雖不致手腳發軟，但心肝亦會提到半空中，不知自己犯下那條例？至於愛哭的小孩，不必親眼矚到，只要耳聞「大人來了！」保證是一帖制伏哭鬧小孩的萬靈丹。

這天兩個巡查，腰身均繫刀槍，足上裹著光閃閃的長靴，頭戴滾邊鴨舌帽，威風凜凜持著海軍志願申請書，對照著番地②，自三塊厝河堤旁轉入，沿巷道右側溜彎。巷道左側，塌深下去，一尺寬河溝。灶腳開向河溝，魚骨槽雜傾

②番地：門牌號碼。

下，蚊蚋蒼蠅繞飛。幾處淤泥灘上，竟也長著野草，嫩葉細根在風中危顫。巡查捕輕輕叩門。

木門幾處剝落了，有人應門。

「啥人？」門椽內，祥嫂驚慌抬起頭，睜開面前一片灰濛的瞶眼，伸出兩隻手在空中摸索，嗄著嗓問道。這時正在哭鬧著阿母不見了的小女娃李蓮子，淚眼俔俔，哭聲嘎然而止，緊緊摟住阿媽，連大氣都不敢喘一下。

「這是李連仁的厝嗎？」巡查補跟在巡查後面向厝內大聲喊著。

「是啦！是阮大孫，有啥代誌欲揣阮孫？」

「厝裡攏無人？」

「我後生去阿魯米上班，新婦去日本人伊厝洗衫，大概就緊返來了，兩位是……」祥嫂滿臉疑惑怯怯問道。

「李連仁近來有去登記講欲做志願兵，今日阮提申請書來叫伊塡好了後去身體檢查。」巡查補將書面通知交給祥嫂，突然發現什麼似的提高嗓門又講：「阿婆！汝是毋是百萬富翁李子天的老母？」

「是呀！是呀！伊是我的大漢後生。」懸在半空中緊繃的心，即刻鬆懈落來歡喜的應答。

「遮是……？」

「是我第二後生李子山的厝，我已經搬返來蹛一陣了，大漢囝彼邊蹛袂合，彼個新婦無像阮澎湖人勤苦有孝，三不五時就和我應嘴應舌，嫌我這個目睭青盲的庄腳人。唉！講袂了，連黃金充公，也講是我害的，一樣米飼百樣人，講這款話也毋驚雷公聽著。我佇子山遮，食較歹較穩當……」親像遇到老朋友，滿腹怨氣傾瀉而出。

根據這兩位巡查補的經驗，同父同母的兄弟，境遇如此差異，離天七里外路③，還眞罕得看到。

秋素哈著腰在巷口與兩位「大人」閃身而過，伊揮著汗警覺的三步併兩步飛奔厝裡。這時小女娃從阿媽懷裡死命掙脫出來，揮動著兩隻小手，哭著迎向阿母。

「夭壽哦！今日這慢才返來。」祥嫂耳聞媳婦嗓音，終於有發洩管道：

「莫怪人講甘願擔領一石米，毋願擔領一个囡仔痞④。」

「我閣引一家衫來洗，以後一個月閣加四圓收入了。」

---

③離天七里外路：天淵之別。

④甘願擔領一石米，毋願擔領一个囡仔痞：小孩不好看管，不如看管一石米來得輕鬆。

小女娃投向阿母懷裡，即刻破涕爲笑，看得秋素心窩又氣又疼，伸出酸累雙手，一把抱起來拍打著小屁股：「莫按呢米糕𤺪好無，阿母愛去賺錢予汝食飯。」一面說著，一面擤掉小女娃掛在面上的鼻涕並抱入灶腳，準備剖柴起火煮飯。打開窗戶猛然發現河溝對岸一個人在追打另一個人，仔細一瞧，那被追的不就是伊的第二後生李連義嗎？將小女塞給娘，嘴中叫著：「阿義予人打了。」急忙從後門衝出去。秋素雙手抱住氣喘如牛、臉色蒼白、鼻孔出血的後生，憤怒地面對窮兇惡極持著木棍的粗漢問道：

「發生啥大代誌，打人打到這款樣！」

「做賊就要教訓，無捉去派出所就已經對伊客氣了。以後閣予我捉到，恁爸就欲打斷伊的狗腳。」扔下狠話，氣噗噗返頭去。

「憨囝！物件不是咱的，就未使隨便取。」

「擔柴嘴乾，看著路邊有甘蔗，摘一支起來解渴嘴乾爾爾。」

「以後柴阿母來擔就好。」

扶著囝兒，目屎往腹內吞，鴨母食土蚓⑤，對他們來講已是稀鬆平常。大漢囝阿仁在會社上班，作事比人（日本人）濟，薪水卻比人少，而且還常遭人修

⑤鴨母食土蚓：強欺弱。

理。少年人火氣旺就想出一口氣，卻苦無機會。這下終於有了，如果當上志願兵，不止神氣，配給又多。起初時，以爲少年人嘴裡講講而已，想不到眞正去行動，這樣也好，厝內十口僅靠伊老爸，有如杯水車薪。

李連仁經過六、七遍層層身體檢查，終於過關。據稱這批僅派往左營庄受訓。一身筆挺軍服，魁梧風光，「武運長久」大旗飄揚在屋椽底下，厝內三個小弟興奮得直嚷「大漢嘛欲去做兵！」

嚷得最大聲的老三李連禮，是三塊厝西邊彼間旭國民公學校優等生，不論毛筆比賽或國語（日語）比賽，不是捧回「天」賞，就是「地」賞，天生伶俐機巧，自頭就得人疼的囝兒。

老二李連義一嘴含一舌⑥，一不小心總會溜出臺語來，不時被先生提棍子敲頭殼。別人用完丟棄的簿子或鉛筆，伊就有本事撿起來再用它一段時間。凍霜⑦的舉動常是同學創治⑧的對象。然而回到厝卻眞會欺侮小伊兩歲，自滿月阿母即抱來養並準備「對⑨」伊的新婦仔⑩李春里。可憐春里仔每遍被修理時就哭號著要去告爸告母。

「羞羞未見笑，汝也不是阿爸阿母親生的。」

---

⑥一嘴含一舌：不善言詞。
⑦凍霜：吝嗇。
⑧創治：惡作劇。
⑨對：配對。
⑩新婦仔：養女。

「厚話⑪！鴨母食土蚓，甘單會欺侮小的，無事使⑫啦！」被老母狠狠訓一頓後，伊就微微厭厭躲在阿媽身軀邊生悶氣。

「這个年頭，啥人無受欺侮？」祥嫂不知心疼查甫孫受委曲，或是另有用意，秋素瞷瞧娘微慍面色即不再吭聲，逕一骨碌地抱起坐在地上的么女蓮子到埕前透氣，老三老四各拉著阿母衫角跟著出來。囡仔越來越大漢，厝內越來越小間，厝租又要漲，永久租厝總不是辦法。不止一遍腦中閃出需要和大伯商量，多少贊助一點。要不是爲著醫治娘目睭，照伊和子山打拚，也不致落到今日手頭緊縮的地步。

「查母人黑白講啥？我子山枵死，嘛無需要別人幫忙飼老母。」養父母是神聖任務，任何人都不能有異議或侵犯一腳步。

「老母伊嘛有份，袂使講攏無管，擱再講，對千富萬貫的人，親像拔一支牛毛而已。」秋素低聲喃喃自語。

這款爭吵被娘耳聞到，認爲媳婦在計較而罷吃一餐。天地良心，伊實在被壓得喘不過氣才有此想法。子山日也上工，暝也加班，別人不要的大夜班總包。透早透暗像扛樂轉不停。目今錢作人，天財也不會自天送來。人講大伯有頭有

⑪厚話：多嘴。
⑫無事使：無價值。

面，濟少沾到邊。大伯踏著是狀元地，伊踏著是狗屎埔。做人要認命，乾乾想無路用，打拚要緊！

母子三、四人行到水溝邊，阿禮目識巧看到兩鬚長長黃赭色的土虱魚在溝仔內蠕動，大聲叫著：「阿智！咱來掠狐溜！」

正當秋素返頭要叮嚀的同時，瞥見三人提著包袱仔怯怯進巷口來，那！那不是順姐和連源？大伯不是同意他們搬去住在一起嗎？順姐見到秋素如尋到久違親人目屎流目屎滴，李連源將手提物件放在腳旁，憂戚充塞眉宇之間，緩緩道出：

「阿嬸！阮娘和姨仔袂合，今日閣相打起來……」

「冷菜冷飯好食，冷言冷語難忍受！」順姐擦乾眼淚，氣勢勢。

順姐本來是一個溫順的人，啥物環境使伊變成一個無耐性的人？但看到故鄉親人，不論環境多惡劣，攏是一帖強心劑，尤其娘必定會消除目睭無看著的心裡鬱積。

「俺娘！汝看啥人來了。」秋素像帶來一件寶貝禮物，歡喜的將抱在懷裡的小女娃置於搖籃，準備款一個所在叫他們住下來。

「俺娘！」順姐叫道。

「阿媽！」連源和牽手異口同聲喊著。

「我的心肝囝啊！」祥嫂辨別是啥人後，激動的伸出雙手回應。

李子山放工返來，一眼見到笑文文的娘，心中大石頭即刻卸下。厝內人丁旺盛，牽手在灶腳起火轉頭對伊講：「阿禮、阿智今仔日捉一堆土虱，汝有咪配帶便當了。」

溝縫淤泥中的草枝，迎風招展，縱然沒有寬廣大地任其舒放，只要有根，仍舊是一株頂天立地的草枝。

4-2 澎湖兄妹眼中的日本人

日本「皇民化」運動是要加速把臺灣人轉變為「天皇的子民」。臺灣人必須失去臺灣人的所有身分，走起路來才有風；臺灣人在公開場合能說日語，才算是有水準的人。報紙和無線電臺更發起運動，把臺灣家庭的生活、食物、建築和技藝提出來譏笑和譴責。天可以變成地，地可以變成天，天地還是照樣運轉。而世世代代本就生長在這塊土地的臺灣子民，一生下來就註定在次等國民的生活空間中討生計。

在一九四四年六月天的中晝，彼日天氣異常悶熱，無一點風。李連智好不容易熬到放學，第一個衝出校門，雖然赤腳被尖石刺著，但那肥津津、黃澄澄的香焦在眼前晃來晃去，就令伊顧不得腳底的疼痛，依然竭盡全力越過水溝、小巷，飛馳奔回厝內，將書包置放飯桌頂。正當又要拔起腿往外衝時，小妹李蓮子撒嬌的依過來：「阿兄！汝欲去叨位，我嘛欲去。」

這時祥嫂在灶腳邊蔭鹹菜，聽到有人進門來，伊探詢著問道：「是阿智嗎？汝阿母有交代，叫汝放學後袂使四界亂走，愛共水溝邊彼堆樹枝搬入內……」

「ソムヒイウ」阿智故意將學校剛學會的日文字母七拼八湊，讓阿媽聽無，伊好脫身。

「夭壽哦！好好話毋講，講不答不七的話。」祥嫂嘀嘀咕咕很不以爲然。乘阿媽埋怨當時，阿智順勢脫逃出來，小妹也緊跟著阿兄的腳跟。

「汝眞麻煩，愛哭閣愛綴路。」爲兄的一副老成樣。

「阿兄！我彼隻會滑的鉛筆予汝。」爲爭彼隻不會割破簿子的鉛筆，兄妹曾吵翻天，最終阿爸判決歸小妹。

「……」阿智頓住腳步，不相信的返頭仔細瞧瞧小妹的臉龐，那溜溜的眼睛令伊靈機一動，用力捉住小妹蓮子瘦削雙肩興奮的說：「好！凡勢汝有路用。」

於是爲兄的拖著綁著兩條小辮子的小妹，像兩隻蜻蜓，飛也似地橫過大街小巷，然後在一所倉庫前放慢速度。蓮子也跟著躡手躡腳，謹愼的東張西望。通常四兄都嫌伊是查母囡仔礙手礙腳，每次想跟出來瘋都被拒絕。首次承蒙恩准，一顆小小心胸雖氣喘如牛，卻充滿好奇加刺激，這時感到阿兄好神氣，伊期望下一步是好玩的遊戲。

然而阿兄要伊在面向空曠草原的後門把風，看到穿制服配槍的日本仔要通報一聲。怎樣通報法，似乎無交代清楚，伊也不知怎麼問起，只是目前阿兄鬼鬼祟祟樣勢，突然發現不是好事。抬頭眺望雜草叢生空曠生疏地，一股倉皇恐怖咄咄逼入小小心房，直想哭，但不敢哭。

「阿兄！人欲放尿。」

「忍耐點，等一下就有芎蕉通食，食剩閣會當賣錢，阿松攏是這款，汝看！」順著所指的方向，謹慎的小身影，哈著腰，抱著香蕉匆匆閃出來。

「偷芎蕉？阿母會罵。」

「汝有夠雞婆！」然後學著大人口氣又說：「芎蕉是農民種的，交予日本仔，咱是討返來，啥物『偷』？莫亂講話。」

出來一點也不好玩，難怪阿母叫伊不要亂跑。出來好一段時陣了，不知阿母洗衫洗好沒？阿兄不知爲何進去那麼久。站得好無聊，正想蹲下，突然右前方有一個拿著槍的日本仔，在彼頭走來走去，一急之下，伊拚命喊著：「阿兄！卡緊呀！日本仔來了。」

這一叫喊，不僅提醒了阿兄，也喊來了日本仔。

「叭該野羅！終其尾予我捉著這群狗囝。」

「我毋是狗囝，也不是……」

不待阿兄講完一巴掌就揮過去。髫鬚的嘴嘰哩咕嚕，穿靴的腳開始忙碌。阿兄抱頭弓腰，像粒任人踢打的球。

蓮子悲慟的啜泣起來，也尿了一褲子濕淋淋，就這樣，淚眼盈眶瞠目看著四兄被架走。

心窩往下沉，兩條腿直發抖，抖到半路經過一家阿母洗衫的主人家門口，才哭出聲音來。頭家娘聽到淒慘哭聲，拖著木屐，喀！喀！跑出來。折騰老半天，對方總算明白。高橋木太太叫伊不要哭，她想辦法去。

第一次日本人給蓮子的印象是那麼極端——兇狠和可親。

雖然情緒有些微依靠，但一顆心還是懸在半空中。腳腿像受傷的小綿羊，踉蹌著抖向回家的路途。遠遠即看到阿母在門口東張西望。伊突地虛脫的撲倒在地。

這時阿松兄一反平時生龍活虎款樣，黯然對阿母訴說一番，厝邊紛紛前來關問，眼盲的阿媽更是像熱鍋中的螞蟻，口中直唸著：「這欲按怎是好！」

抬頭望大人講話很累，四兄有大人操心，緊綳的小心房也就鬆懈下來。哭了一下午，腦袋吱吱喳喳轟轟叫，小腿更是酸痛不已，乾脆靠在阿母腳旁坐在地上。眼睛所接觸的是一大堆腳丫，除了大嬸婆穿著前頭尖翹的小弓鞋外，其餘通通赤著腳。貼附在泥地的足上，有著深深、紅紅、黑黑的龜裂，尤其那凹陷的細碎溝痕，躋入濕濕的泥地上，叫人心窩發毛。大嬸婆雖有穿鞋，但伊不喜歡那走起路來搖搖晃晃的小纏腳。伊真愛頭家娘的彼個查母囝穿的彼款粉紅色綁有鞋帶的躂美①。阿母也幫他們洗衫、擦地板，那主家有女兒和伊同歲，三不五時就有要丟掉的舊鞋，阿母總是喜孜孜撿回來。可惜伊腳太大，雖然腳趾弓彎勉強能塞進，起初時尚能穿一回跑一回，直到前腳跟頻頻抽筋才作罷。最終只好放棄，改爲每日撫弄一番，阿爸說等過年要給伊買一雙。

本來彼大堆赤腳，站在原地很少走動，突然一陣紛亂的腳步。一抬頭，那高橋木頭家和頭家娘，扶著阿兄回來啦！大夥兒直「阿力阿多」不停，阿母要跪

①躂美：日式布鞋。

下來道謝，頭家娘忙著拉起阿母，並說沒事了，趕緊替孩子洗腳洗手擦藥。

蓮子的淚水又迸出來，與前幾個小時的淚水是迥然相異的。

往後阿母即常帶著四兄和伊到洗衫所在。每到一家，即弓著腰先跟頭家娘表示失禮。連智乖乖坐在旁邊，看阿母一搓一搓賣力的洗。雙手指起了好多白色泡泡，中指、大頭姆已龜裂出血。雖是冷天，卻汗流浹背。蓮子說長大後，要賺很多錢，阿母就不必給人洗衫了。四兄可不同，一定要在外面蹦蹦跳跳，但不會離開太遠。每換一家，也跟著到彼家門前。如果看到可以起火的樹枝，會勤奮的撿起來。

自彼遍事件後，四兄似乎定著許多，但還是最會和小妹搶物件。三兄卻是會讓著李家這個唯一的小妹。阿爸阿母也常將第三囝兒在校的成績或乖巧事宜，在朋友弟兄前誇獎，感到非常欣慰。

秋素做事伶俐，人又忠厚，除了洗衫，一些主家總喜愛找伊幫忙，為貼補家用，伊也樂意接受。

有一回秋素被請去看顧三天房子，撒嬌的么女跟隨去，在彼邊蓮子嚐到世界上最可口的豬油配醬油熱滾滾的白米飯。暝時睡覺嘴裡還咀嚼著那殘餘的飯香，夢囈著：「阿母！飯眞好食，我欲閣一碗。」

事後迫不及待向同伴顯耀，個個聽得垂涎欲滴，要求是否也能去嚐一嚐。蓮子跑去找正蹲在地上擦地板的阿母，興沖沖道出：「阿美伊嘛欲來食我食過彼種白米飯！」

秋素一語不發嚴厲的瞪著蓮子，那種眼神還包含：「厚話婆！汝無看著面頭前是啥人嗎？」隨後眞歹勢的回望在場的頭家娘。蓮子順著阿母動作抬頭仰望，接觸到的是一張烏雲滿布的面孔，茅塞才頓開，但已太遲，伊拔起腳狂奔，心房小鹿碰碰亂撞，使出奶力將大頭姆指甲掐進中指腹，越痛越能消除自己所犯的過錯。好久不理會阿美那一伙，是害伊失言，讓阿母歹做人。

聽說母奶眞補，連源牽手生產了後，體質特別，奶水洪洪流，相對的，也時常漲得哀哀叫。過幾天就得擠出一大碗倒掉，奶水被溝水一溜煙吞噬。一滴奶、一滴血，在秋素腦海突然閃出一個念頭，對又正在擠奶的美枝講：

「聽講有錢少爺共母奶作補品來食。」

「阿嬸的意思是講奶水會當賣錢?!」

「嗯！」

「欲去叨位揣這款人？」

「我替汝探聽看有無。」

「眞歹勢！阮時常予阿叔阿嬸添麻煩。」

「出外人總是愛互相照顧，講啥麻煩。」秋素雙手挽緊一頭長髮，就像提起三千煩惱，仰起頭甩到腦後，熟練梳上一個結實亮麗的髮髻，然後果決的說：「凡人、凡人，就是愛麻煩，欲做人就是愛毋驚麻煩。」

賣奶水幫家事宜，終於在秋素不怕麻煩走訪之下有了著落。起初美枝煩惱奶水太擠，而今三不五時須靠青色木瓜煮土虱促製大量奶水好賣錢。每日擠兩次，提到三塊厝頂一間有錢人家。全家大小攏無閑，這份差事自然落到蓮子身上。

彼戶有錢人所在，親像阿伯的厝，是一幢四合院，比伊的厝大好幾倍，正中央有兩棵合抱的大榕樹，周圍由紅磚頭圍繞而成。青青鬱鬱的枝葉覆蔭著結結實實的樹幹，尤其在炎熱大太陽下，像兩把高張的太陽傘。送貨完妥，伊歡喜在這太陽傘下紅磚上垂青主家孩童嬉戲玩耍，多麼渴望加入行列，但只要一開口，那澎湖腔的臺灣話，那一伙人聽了便笑得人仰馬翻，還有伊那一雙赤腳，站在穿著漂漂亮亮的和服和腳著乾乾淨淨的木屐者面前，蓮子感到強烈的羞恥與卑微。

「阿爸！咱爲啥毋是日本人？我歡喜做日本人。」

「憨囝！一枝草，一點露，伊做伊的日本人，咱做咱的澎湖人有啥無好？」子山正埋頭修理脫落的門板，但也很認眞回么女的話。

「導我去阿伯厝好無？」蓮子找不到字眼形容做日本人多神氣，但阿伯也是神氣的象徵，伊找到一個可以攀附的避「卑」所。

「龜頭也是龜內肉②，大是兄，小是弟，在臺灣汝和伊上親。尪某是契約，兄弟是血緣。兄弟需要相揣……」祥嫂耳聞孫女的話，順勢向子山小心翼翼遊說。做老母清楚囝兒的脾氣，子山不是無兄弟情，對澎湖彼個同母異父的小弟很熱絡，還幫伊娶某，對臺灣這個同母同父的兄哥反而冷淡。子山講「雪中送炭是基本常識，錦上添花無事使啦！」唉！這個後生，啥物攏不敢忤逆，就是這點無順老母的意。

「啥物叫做清國奴？」蓮子在門口邊站著，頸項下掛著一片金黃色護身符，睜大眼睛來回望著阿爸、阿媽，腦子充滿了伊小小年紀所難於索解的名詞。

「刀柄無出力，刀鋒會利嗎？」子山緩緩放下鑽子，持起削門板的刀把凝

②龜頭也是龜內肉：兄弟雖不合也還是同胞。

視一會，隨即又彎下腰繼續幹活，任汗水滴落在門檻。那滴滴汗珠似乎在申訴著，別讓刀鋒譏笑刀柄的魯鈍啊！在這個顛顛倒倒的年冬。

4-3 空襲下的生死疏開

遼闊的天人菊，在勁風季節湧動，在這個外垵漁村周遭除了偶爾傳來淒慘刺耳的水螺聲外，四周荒蕪無人煙。此時蟬聲乍鳴，千隻萬隻，悲戚如棄兒，忽然收束，彷若世間種種悲劇亦有終場。下邊海浪洶湧，陣陣呼嘯而上。叢叢枝葉招架不住，根莖依舊攀住泥地不放。

西仔埔頂順南幾條人徑，半腰有一間廟，「慈航寺」三個大字鏤刻的木板，懸置門框上方正中央，將周邊的簡陋襯出無限威儀和肅穆。漁民虔誠誦經，三步一伏跪，口中唸著四句懺悔文，有人痴心又慎重多唸一遍。出生本身就是一種贖罪？在苦難無邊的日子，這似乎是唯一的寄託。

廟房一瀉傾下荒廢多年的那拔園，路面凹窪不平，雜草叢生，薯梗橫隔，親像千萬條野鬼在枝葉間爬行，觀望這群俯拜的人們。

許旺手持枝椏匍匐身軀，爬上這塊曾養家活口的那拔園，仔細尋覓蕃薯栽葉和可食野菜。空虛的腹肚，致使雙手微微顫抖，摘了老半天才僅那麼一小束。老了，不中用了。天公無目，兩個後生自顧走了，放下伊一個老孤單拖歹命，該走的不走，不該走的搶先走尾溜，這是啥款世間？正看也不是，倒看也不對，這塊叫著臺灣澎湖的所在，卻是日本人勢力範圍，斯土斯情橫直攏不對，如今又要走閃美國人隨時掃射落來的炸彈，眞正是豬欠狗債①！

珍珠港事件和太平洋戰事，臺灣、澎湖一下子對美國變得重要起來。在臺灣南方狹窄的巴士海峽，美國和日本毗鄰爲界，本相安無事。日本極端的民族主義，使得南進侵略他國的氣焰日漸高漲。珍珠港事變，令美國對日本怒目相視，而這些國家主義掛帥的他國，卻造成了臺灣島民苦難的命運。這莫非是猴管豬哥，豬哥管猴②的世界？

人活著能有浩然志氣，但肚腹是最不爭氣的青仔欉③。在肚空捉狂，頭殼缺氧的處境，塡充胃袋是首要任務，炸彈掃射已是次要防範的工藝。脹死大膽，枵死小膽④，飢慌村民往往不顧飛機空襲，相招四、五人駕一艘小帆船搖櫓二暝三日到臺灣本島、布袋嘴、青鯤鯓撿當地人廢丟的食物——滿是蛀蟲和發霉的蕃薯簽，轉來當寶療飢。然而成功率畢竟有限，中途常被美軍炸彈投中，而魂歸西

①豬欠狗債：前世的因果。
②猴管豬哥，豬哥管猴：彼此牽制。
③青仔欉：不講理的笨東西。
④脹死大膽，枵死小膽：膽子小的，只好餓肚子。

天，身葬海底。許旺的大囝婿，秋素的姐夫，就是其中之一，無身無屍，叫天天不應，奈何天！

總督府爲應付戰爭，人力物力幾乎消耗殆盡，沒有糧食，沒有醫藥，一般物質缺乏。統治者都無隔日之糧，何況這些被殖民的老百姓，這是朝代尾出妖孽？

好死不死，舊年冬天，已陷無助的村落又遭寒流侵襲。攝氏八度是蝨母、目蝨的家鄉；衣服、床舖是它的溫床。而這些吸血蟲類更是欺負爛土無刺⑤，專門吸貧窮黃酸的血。這時太陽是恩公，只要這位恩公伸出溫暖的手，這群「食無飽、睏勼腳」的子民，才有那麼一點力氣，將無所不在潛伏於身軀的吸血鬼，揪出來廝殺一番。

如果寒流再來一番風雨，海下遭殃，魚類凍死，卻是陸上人類的喜訊。因爲上九爻的「亢龍有悔」，已經達到爻位的最高點，難免有物極必反的現象出現。所以要嘛，就冷得徹底。這時村民頂著寒風，懷著期望，張開凍僵的雙手，到海邊撿凍死魚，每次返來至少有幾十斤，補充一下快乾枯的飢腸。

有一回許旺努力撐開龜裂凍硬的手指頭，指著不遠處起起伏伏隨波漂盪海

⑤欺侮爛土無刺：強欺弱。

面的龐然魚類，急急張開嘴巴冒出白霧夾雜顫抖的聲音：「趕緊啦！彼所在有幾尾看像『來鯛』的石斑魚，今日有大收成了。」

大夥蔚起集結一堆，虎視眈眈等候上天賜來的寶物，性急的已等不及，持起竹篙用力伸進海水助長流速。酷冷季風，穿不透熱滾滾的情緒，那是多麼叫人渴盼的時辰，然而此刻卻冒出驚叫聲：「咱娘喂！是人的身屍，不是啥物大尾魚啦！」

瞬間，天旋地轉，背脊凜冽，膽小的已拔起腳跟跑得尾仔直，剩下的好不容易定了神，最後還得提起精神，準備做孝男兼土公仔⑥將這些被飛機轟炸陣亡的死屍埋葬掉。腳踏自己的地，頭卻要頂著別人的天，沉重得腳酸手軟，前途一片茫然。

美國人像冤魂不散，每日每暝攏來空襲。飛機俯衝落來彈口張開，一串串炸彈如雨點滴落，接著機關槍低空掃射，像一把把肥津津魚卵撒下。掃射之後又是轟炸，飛機似排好節目反覆地按序一波又一波的襲擊。每日就在俯衝的裂帛聲、高射砲的喧鬧及機關槍的淒厲中存活。死去是正常，活下來的是死裡脫身。臺、澎是美國最大的難題，非置臺灣海峽與太平洋之間這塊陸地的生物於死地不

⑥土公仔：專門處理喪事的人。

可?!

已近中午時分，難得今日無空襲徵兆。慈航寺人群，祭拜完畢陸續落坡去。許旺張開乾皺手指撥弄籃子底的收成，雖不豐收，省喫一點，可暫度一、二頓。

「旺伯仔，汝亦來拜媽祖？」

「無事使啦，媽祖對我已經失效了。」

「汝查母囝有寄錢來無？」

「自空襲以來，就無秋素的消息，唉！毋知伊佇臺灣按怎？」

「所以呀，汝要去拜拜保庇大小平安。」

「查母囝嫁出去就是別人的，秋素若是查埔囝，我今日就袂這呢歹命。」

想著想著，手臂緊挽著民生要物，正欲提起腳跟往上爬坡，頭頂突然間傳來「喀勒！喀勒！」刺耳聲響，尙來不及撲地趴下，腦袋已轟然一聲，身軀應聲倒地。另一角勢，往下坡人群，亦正像一具具活靶，個個慘叫後陸續倒地，接著骨肉飛天。這時的媽祖除了聲聲的「罪孽！罪孽！」還能說什麼？

彼日，一九四四年十月廿三日，氣勢赤焰焰的美軍，沒有在要塞基地投彈，偏偏在毫無軍事價值的小池角下寮尾及外垵西埔頂，投了三顆五百公斤和幾顆三百公斤的炸彈，使得小池角和外垵慘遭炸燬。這是否是一九四三年美國國防部完成「臺灣戰略檔案」以及日本海軍元帥山本五十六在所羅門群島上空被擊斃後，又一檔具體的結果？

臺灣海峽這邊，煙火瀰漫，許旺昏死在西埔頂同時，臺灣海峽的彼邊，李許秋素這個被人掛念的查母囝，心頭亂紛紛正氣急敗壞抽打著哭叫不停的查母囝蓮子。

「閣哭袂煞，就共汝摒到街仔頭予炸彈炸死好矣。」

「我欲『阿』嘛去……」蓮子泣涕滿面抱住阿爸。

「阿爸愛賺錢，恁先疏開去九曲堂，較安全。」李子山擤擦依偎在身邊的查母囝的鼻孔涕水。

「今仔日毋知爲啥目睭皮直直跳袂停。敢是阿爹佇外垵發生事故？」秋素收歛對蓮子責備的眼光，疲憊無力地放下藤條，憂心忡忡地靠在牆角歎氣，並一邊舉起手指頭拈拉左眼皮唸唸有詞：「目睭皮，目睭跳，好事來，歹事煞，請觀音佛祖來解決。」

「莫胡思亂想！牛車已經來矣，逐家趕緊上車。」子山捲起袖口，褲管一高一低，赤著腳趕鴨似地催著家小上路。這時祥嫂準備就緒，踏著小腳，搖搖晃晃，持著拐杖「篤！篤！」出門來。

「俺娘！這爿來，汝坐頭前。」子山忙放下手上物件，向前一大步，扶著眼盲的娘，仔細瞧著娘面容，手指頭謹慎往衣服擦一下，小心翼翼擦拭娘的目屎，接著返頭找人：「怎樣無人牽阿媽？阿智、阿禮呢？」

「山仔！汝一個人佇遮愛小心呀！」祥嫂緊握住囝兒，有依依不捨之情。

「我會看時勢，會社若無工，一半日⑦我會去九曲堂，一个人走空襲較好勢，免煩惱啦！」子山故作坦然但眼神卻透露幾許悒鬱，老弱婦孺都齊集待命，伊望了望這群人中唯一力壯的查埔人。連源解意的說：「阿叔！放心啦！我會照顧逐家。」

為著不能太顯目，也不能太摸黑，大夥兒就在將暮欲暮的黃昏上路。

「阿」揮手的身影越來越小，蓮子的啜泣聲越來越大。秋日的黃昏時刻，淒惻的離愁，驚嚇的心房，散布在各個有空襲的所在。

---

⑦一半日：近日。

一路上躲躲藏藏，儘量循著有草木的小徑行駛，到目的地已是月亮高掛的時辰。庄腳一片寂靜荒蕪，晚風颼颼，秋蟬齊鳴，彷彿又要邁入一個墾荒的世界。

疏開的日子，反使祥嫂、秋素感到像回返外按的生涯。古井汲水、溪邊摸蛤抓魚、拚蕃薯曬簽、尋摘野菜、酒矸椿糙米……孺慕鄉情遮蔽空襲不時籠罩的惶懼。最叫蓮子歡喜的是阿母不必去幫人洗衫，視線之內，隨時都有阿母身影在，兄哥也不必上學，較有伴了。然而美中不足的是，胃袋不合作，這一家少了秋素的收入，也少了伊三不五時攜回主家剩餘的食物。

「阿母！腹肚枵！」

「早早睏了，睏去就毋知枵。」

聽話睏去，但三更半夜總會被腸子的咕嚕咕嚕聲叫醒。阿智最無耐性，每當肚餓難熬就暴跳如雷，甚至將貓抓起來摔，摔得貓兒頭破血流哀哀叫。

「夭壽哦！汝毋驚貓仔來討債。」秋素一邊阻止，一邊持著掃帚霹哩叭落在阿智身軀，又氣急敗壞的吼叫：「死囝仔災！欲食飽，汝就莫來出世。」

這時祥嫂沒好氣的站起來，兩手摸空，披頭散髮，對襟仔衫跟著顫抖：

「我這个老袂死的，活咧單那食了米爾爾。」阿禮見狀忙扶著阿媽坐下。

秋素瞄了一眼「大家」，放下掃帚，跑至屋外無奈的對著天空落淚，最近心神不寧，暗暝常作惡夢，夢見阿爸血流滿面呼叫著伊……

生活本身即是苦，但苦中也有樂。最樂的是窩居庄腳這群人看到子山騎著腳踏車的返來。跑得最快的是蓮子的小腳步，每遍攏是伊目睭最尖，遠遠就飛奔去迎接伊的「阿」。

「查母囝鬼！汝怎樣知影阿爸欲返來？」子山一把抱起蓮子仔細瞧。

「阿兄無乖予阿母打……」一見面迫不及待像老雞婆，嘰嘰呱呱起厝裡的點點滴滴。

腳踏車後座捆了一包物件，伊急切想看裡面的內容。

「這是帆布，會當和厝邊阿嬸換雞，咱就有雞肉食啊，歡喜無？」

有雞肉可食，又能看到阿爸，是疏開日子唯一的期盼。只是這種機會並不濟，因爲只要「阿魯米」有動工，阿爸絕不輕易放棄有工可做的時陣。

枯樹攀疊如山，將之點火，讓煙火瀰漫徐徐上升，叫上空的飛機不易發現陸上行動，但又不能起太焰的火，因此還需加一些剛從樹上砍下尚有溼氣的枝幹交替使用。撿樹枝是孩童的工事，雖然常被煙火燻得滿面烏煙瘴氣，但蓮子最高興和堂兄的查母囝阿美比賽撿起四兄在樹上砍落的樹枝交給三兄去起火。

可惜沒多久，阿美病了，只有蓮子一個人撿，伊總是無精打采。續落去阿智也病倒，忽冷忽熱，又大量出汗，該不會是被傳染到目前正流行的「痲啦痢亞」⑧吧?庄腳無醫生，城市大家攏在閃空襲，誰也不敢出診。

子山遠在高雄，已經託人通風報信，但不可能很快就通知到。瞬間，厝內陷入烏雲密布。祥嫂目睭無看到，鎮日更像無頭蒼蠅亂鑽哀嘆。

連源聽講屏東有一間診所，專門治這款病。問題是如何去，自九曲堂到屏東走路至少要二個鐘頭。牛車不易雇到，也無腳踏車，兩人病情愈來愈惡化，又怕愈傳愈擴大。親人有病纏身，焦慮煩惱比腹空還淒慘。

最後連源決定先背阿智到屏東找醫生，然後再回返背自己的查母囝。

「咱一个揹一个，作伙去!」秋素堅決建議。

「按如斯傷顯目，容易引起注目，危險!」

「時間緊迫，救人要緊。」

「查母人體力有限，阿嬸!我去就好，厝內大小嘛需要發落，我會儘快趕

⑧痲啦痢亞：瘧疾。

返來。」

阿智的命眞大，當連源兄將伊安全抵達診所，妥當交給醫生後，就在返回路途中，連源不幸被子彈擊中腳部。事實上，這場災難應可避免，但歸心似箭的腳步在大路中奔馳，聽不見空襲警報的水螺仔聲。好佳哉被好心人發現，但是護送伊到九曲堂時，阿美已奄奄一息。啥物攏慢一步，子山接到信息，連夜趕到，阿美已魂歸西天。

九曲堂這個地帶，死於「痲啦痢亞」病例此起彼落。雖免於美軍飛機突襲，但整個村落覆蓋著死亡的陰影。

自做大人以後，毅然決然面對生活挑戰，遇再大困境亦不輕易掉淚的李子山，彼日暗暝，蜷曲在桌角，一個人抱頭大哭似要哭盡所有人類的不幸，在寂靜的荒夜中，催得人肝腸寸寸斷！

藉著月光，子山漏夜點著蠟燭，四處遍尋木板，然後在昏黃搖晃的燭光下，默默釘起木箱。所謂「淒涼」，彼刻深深注入大大小小破碎滴血的心靈。

一切善後處理妥，子山一個人又默默前往屏東接阿智回來，以前生活清苦、緊張，卻是溫馨、快樂。但阿美的去世，不僅帶來子山、秋素的痛心，對順姐一家有著難以言喻的愧疚，日子被晦暗陰濕團團包圍。厝內孩童個個成長許多，蓮子慣常的撒嬌、愛哭也不常見了。

空襲所造成的損失，對臺灣人有一種微妙的感情，臺灣人了解美國的行動是針對日本敵人，美國的空襲，如能導致臺灣的「解放」，美國的行動是可以諒解的。

當一九四五年八月十五日，日本天皇透過一向被禁聽的短波無線電向臺灣人民及在臺灣的日本軍隊宣布投降，並下令日本人民「忍其不可忍」和即將來到的盟軍合作。臺灣的天空，對日本人來說霎時烏雲滿布，但對臺灣人來說卻突然亮麗了起來，風水輪流轉！

據稱，天皇又對軍隊發出一道特別「敕令」，暗示日本不是向「中國」投降，而是向美國、英國、蘇聯和重慶投降，重慶就是駐中國美軍總部之所在……

不管向誰投降，總講一句，人總有翻身的一日，也終於能理解，親像飄泊的風等待安靜之夜一隻蝴蝶飛回來，是伊攏總的安慰了！

Chapter 5
浮亂港都
（1947-1954）

5-1 殘月他鄉

灰色的日頭漸呈明白，漫長的歲月轉承急切。一九四八年三月廿日有船期回臺，消息又從同鄉會傳出。雖然廿幾年來，天津首次下這麼大的雪，但歸鄉有著落點，欣喜的熱血溶化幾許霏霏春雪。李祥深深吁口氣，目前窩居所在，好歹也住兩年了，回顧深閉在冬空之下的這所院子，有如死獸裡的飛蛆，無時無刻都有揮之不去的瑣事蜎繞在庭院的每個角落。一大早菜販子即張著嗓子嘀咕賒賬不還的趙老頭；鄰婦夜晚偷兩粒煤球被擺攤婆娘逮個正著，兩個像發狂的牝牛在院心雪地咒罵撕扯；房東太太又攆走數月交不出房租的一對年輕夫妻……

「日本鬼子投降，往後咱們可有好日子過了，還吵什麼？」

「有本事就去接收東西，不要成天像賤民似的儘爭些勞什子的芝麻綠豆事，沒出息！」

「撿這種便宜還輪不到你呢！」

「眞他媽的，大後方憑那根蔥來咱這裡耀威揚武。」

同胞原是一體，國土原是大家所有，但抗戰使他們有了好幾道裂痕。有大後方與淪陷區、抗戰區與收復區之稱。抗戰結束，大後方的人心想的是如果沒有他們的毅力與智慧擊敗敵方，這些淪陷區那有出脫的一天，於是懷著優越感來到收復區。舉目所見沒有同患難的同胞，有的只是一群乞丐般待人解救的劣等角色。

抗戰勝利，是對外戰爭的結束，卻是內鬥的開始。人類是好鬥的動物？抑是中國人慣於鬥爭，失去鬥爭就失去生活內涵？

前些日子爲返臺事宜，李祥自外奔波一日毫無消息，意志顯得淡薄消沈，緩緩脫下呢帽，踏出幽暗的屋子，並發出宣言似的吶喊：

「神的民族喲！眞荒唐。」

舉起顫晃冰凍的雙手，欲點亮掛在屋角的煤油燈，才發現油已盡，頹唐倒向窗前椅子，窗外蕭瑟初夜似一面鏡子，即刻映現出記憶中生命的轉折……當初除了走閃日方通緝外，還憧憬這個天地能拓展抱負。然而事實並非如此簡單，加上當地人對臺灣來的臺灣人也與高麗棒子①，一樣看待。在大漢民族唯我獨尊的

①高麗棒子：朝鮮人。

偉大理念裡，那有被認爲是地痞流氓之類的異邦人種生存的空間？

就這樣，被臺灣海峽那一方澎湖家屬怨嘆拋家離子的薄倖郎李祥，卻同時在偉大祖國懷抱裡正與混沌、暗澹、低迷迴旋。雖然祖國曾對「抗日」英勇人士表示嘉許，但嘉許並不能當飯吃，生活是點點滴滴的現實。血氣方剛，遇不合理現象就暴跳如雷的斯位李家子弟，終敵不過強悍的母親，連連拋來的教訓，而傷痕累累。對後母（日軍）的欺凌可以理直氣壯頂回去，對母親（中國）呢？感情複雜扯不清呀！後來他選上走船這條生計，而浪跡天涯。

待有些積蓄，暴澀的脾氣也潤飾許多。經年震盪於海上的浮萍，終有疲憊難耐時刻。當渴望尋託根柢來支撐那漂泊不定的心靈時，已是知命之年了。

白髮盈頭，那堪回首雄心未已的少年？東奔西走海洋，每到那原始的碼頭，斑剝的倉房，圍網的捕魚郎，便湧起心底深處那座外垵岸壁的懷舊寶塔。然而人的矛盾就在於思想與行動不能一致。行動上他還是不準備回去猶原是日本人統治的臺灣。尋覓落葉歸根之定著點時，祖國與臺灣之間始終橫隔著一片大海的茫然。

「老哥！咱移民到榆林去吧！你看如何？」下船到塘沽口，此趟貨須卸七天，換句話說他們有七天假期。到達天津的第三天晚上，李祥和一伙朝鮮人從河東區的酒家走出來。李祥自逃命來大陸到走船，能稱兄道弟的儘是一些同是天涯淪落人的朝鮮佬。他們走在六緯的冬冷街上，行人稀少，朴泰祺突地拍著李祥寬廣的肩膀興奮地建議，在空寂的巷道，顯得格外鏗鏘有力。

「你是講海南島的榆林港?」大伙意氣飛揚在大街上漫步。長年在海上，腳踏陸地是一大享受。雖醉眼朦朧，但東西南北尚分得很清楚。李祥吸一口撲面而來的冷氣，昂起頭來大聲回問。

「對呀！」朴泰祺重重的點頭加強語氣。

「嗯！榆林港盛產石斑和來鯆。」

「咱可以先擬定一個捕魚的計劃。然後再按計劃進行，到時一定是錢滾……」

還有一個錢字尚未說出，從黑暗裡即闖出一個乞丐來。李祥搜了搜口袋，居然沒有小鈔，只好又向前走。乞丐看出沒想給錢形勢，於是哀切地叫起來，並伸出手到李祥跟前亦步亦趨的跟著。這下李祥光火了，瞪大眼睛停住腳步，準備一種老子沒錢你能奈我何的架勢要面對時，那可憐的哭聲竟然嚎啕悲鳴，在暗夜裡特別叫人錐心刺耳。這時老朴才從口袋掏出一點錢給他。他使李祥的酒醒了，華北的月光淒然散播著慘淡的月暈。

反顧中國大陸幾乎也都是日本人的天下，上海之役、南京之役已經結束好幾年了，可是街頭巷角仍舊濃濃地殘存著兵災過後的陰影。成群的乞丐，大量的失業者。街頭哈著腰的阿媽爲著玉蜀黍麵粉比昨日漲一元與小商人爭得面紅耳赤、法幣②貶值、日常用品一日三市，都是正常的……

日本軍閥爲策劃侵略路線，而有北進與南進之別。陸軍主北進，擬併呑中國；海軍主南進，擬奪東南亞。然而九一八事變之發動，顯爲陸軍北進政策占優勢。

照這樣分析起來，海南島該是他目前可駐腳的好所在，李祥毅然決然果斷的說：「好！就按呢決定，咱毋免閣走船矣，移民到海南島去掠魚！」

於是朴様さん先去海南島視察狀況，認爲可行，一伙四人即辭去船務工作。這天大夥浩浩蕩蕩照計劃進行。然而他們的車子自海口出發後第二日中途便遇到土匪，盤纏被洗劫一空，並在一個小城鎮困守了十多天，飽受一場驚嚇，終於不得不取消計劃，敗興而返。

②法幣：國家法令規定強制通行的貨幣。

工作沒了，發財夢也破了，這下可好，口袋空空，晚年如何度日？欲伸出求助的雙手，卻是一個比一個窮，一個比一個失志。

困在生活的死胡同，這時李祥竟然靠著他有中國政府頒給的居住證明書，又會說日本話和臺灣話，加上雙重的國籍給他開了一條生計，他終於順利的在日本商社當起通譯。原先唾棄日本人的他已不那麼堅持己見了，有一口飯吃是最實在又重要的，其他均是次要問題，甚至懷疑起當年那麼排斥日本人是一種什麼樣的固執！事實上他定居天津不過是時機的緣合。幾十年來他的積極意志已衰弱殆盡。

廣袤幾千里，擁有悠久歷史的祖國，被日本人說成是老大之國、鴉片之國、纏足之國、打起仗來一定敗的國家。有華北、華中、華南、塞外，言語風俗皆不相同，連吾人都不易理解，日本人要了解這個地廣人雜的中國更談何容易。如同中國人無法理解，不接受主人的香煙，而從自己口袋裡掏出煙草來抽的日本人的行為一樣。中國人說香煙，日本人說煙草；中國人說命運，日本人說運命。在地球上同是東方，但是中國和日本還是有黃海、東海之隔，畢竟有很大的差異。

日本人大概無法想像西楚霸王的「力拔山兮氣蓋世」，漢武帝的「草木黃落兮雁南歸」，還有曹操的「老驥伏櫪，志在千里」——於是他們絕對沒有料到打仗一定會敗的中國，卻能在一九四五年七月廿六日於德國波茨坦與美國、英國聯名強迫日本無條件投降……

雪已停、風也止，但天空依舊板著可怕的面孔。勝利的探照燈點亮了歡呼的激情，也照出了死角的陰霾。

「日本投降，對你們臺灣人來說眞是不幸。」這天李祥自銀行將身邊的中國聯合準備銀行券兌換法幣返來，正一肚子氣，這時鄰居還冷言冷語。在銀行時，事情是這樣的：

「怎麼我的少這麼多？」李祥數了數行員交過來的中央銀行的伍佰圓、一佰圓的法幣，納悶的問，因爲他曾吃虧過，不得不仔細。

「中央所訂收兌僞幣③的比率是二百圓折合法幣一圓。」起先行員還算有耐性。

「我應該與他差不多吧！」排隊等候時，就曾與前一位論起各自的幣券大約可兌換多少。

---

③僞幣：汪精衛時期所通用之券幣。有中國聯合準備銀行券（華北通用）及中央儲備銀行券（江南通用）兩種。

「老兄！你有沒有搞錯，人家有關金券④，你有嗎？不要嚕囌，後面還有一大堆人等著呢！」

再怎麼算，還是有誤，然而後頭巨龍般的人群已開始發出噓聲，他只好移動不情願的步子，氣喘病差點因氣憤而發作。

返至家門，又有鄰居衝著他而來的調侃語，復燃起他原始的火爆性格，不過他還是忍下來了，只狠狠的瞪了對方一眼，逕自進門去，將身後那大嘴開哈哈的鄰居摒棄在院子的冷空氣之中。

李祥將家當——法幣謹慎收進抽屜，那一張一月十四日的報紙又重新映入眼簾，於是對「關於朝鮮人及臺灣人產業處理辦法」的報導逐字再推敲一遍，以他漢文程度，應不致看錯。

透過飄著水氣而濕漉的玻璃窗，仰望依舊混沌的天空，他重重吁了一口氣，緩緩將報紙折疊好，塞進馬褂的口袋。困頓當兒總要找個可以商量的人討論討論。

院子的大門，南北對開，紅油漆的榆木門，像立正的步哨，司宰著這院子的宿命。中間吊著三寸寬六寸長廿幾塊的門牌，院裡所有人名都站立在那兒，好

④關金券：海關金單位，關金券一圓可抵僞幣四仟圓。

似一尊尊墓碑立在墳前一般。李祥名字吊在東邊，朴泰祺的名字吊在西邊，那是他們在海南島計劃失敗後，尋租落腳的所在。

「怎麼？要搬家啦！」李祥問。

「下個月有船期到仁川，聽說朝鮮會獨立，回去嚐嚐獨立的滋味。」朴泰祺指指牆角的長條凳請李祥坐。

「……」李祥低頭沈思，日本打敗戰，對朴泰祺似有良好轉機，對他來說可不是這麼回事，他隨即從口袋掏出報紙遞給對方。

「凡屬朝鮮及臺灣人之私產，由處理局依照行政院處理敵僞產業辦法之規定，予以接收保管及運用。」朴泰祺接過報紙並唸著有紅筆勾出的部分。然後抬起頭苦笑著又說：「還好我們這些窮光蛋並無恆產，不必操這個心。」

「……」李祥又深深嘆一口氣。

「老哥你有問題嗎？」

「商社的山本課長，對我很好，他回日本之前，把他在老龍頭的那幢房屋送給我。」李祥幽幽道出原委。

「國民政府對我們另眼看待我沒話說，對你們怎麼可以這樣，都是自己人嘛！」朴泰祺充滿高麗人的義氣。

北風微作，從門縫捲進寒流，院門未關牢，咿啞響著，似荒塚的冤魂淒厲的哀咽。

「老哥！你回臺灣去吧！現在八路軍已在滿州獲得蘇俄的協助，國民政府又發起剿匪戡亂，內戰即將開打，看樣子局勢比日本在這裡時更亂。」

「……」不用老朴建議，他早就有這種的打算。因日本戰敗而丟差事，生活難以爲繼，眼見在大陸幾無立錐之地，不回臺灣，又能去那裡？只是活了一大把年紀，卻是歸鄉情怯。

不斷奔走，不斷交涉，正忙於內戰、接收、復員等問題的國民政府，對於諸如此類的請願是無暇顧及的。

髮蒼蒼，齒搖搖，回鄉的意志卻似鐵般的堅固，使李祥不時穿梭在人群中探問門路。終於透過指點，求助於平津同鄉會蔡堆先生，並且傳出了好消息，來華北載肥田粉的海蘇號將於三月廿日啓航直行基隆，據稱同船可容納三百人。

踏盡紅塵，吾鄉就在原先出走的那個地方。這位被時代追趕的人下定決心，就是拚了老命也要擠進那三百人之中。

5-2 遺忘父祖的人子

李子天抽出嘴裡的煙蒂，使勁向天空一扔，煙頭直線飛去，撞到木壁，煙屑紛紛散落，然後翻身落來，癱瘓在地上。久久失散的父親，突然出現，要伊去認領，聽到這個消息，沒有歡喜，也無驚訝，僅似從雲端被貶落，茫然不知所措。

由於在金城戲院旁的會館，受盟機轟炸，內外破爛不堪，理事會借用鹽埕國校作會場，邀集有關人員商討擬組獅陣，表演捐款，俾便整修事宜。一九四八年當時李子天是澎湖同鄉會相談役①也被相招討論。彼日，許清榮理事一見到伊，尚來不及揮汗即急從口袋掏出一封信遞到李子天面前，信紙的暖暖體溫直直傳至手指頭來。許理事熱心偏過頭鑽進信中，逐字唸著其中一段：

「李祥，澎湖人，年齡七十四，有兩子在臺灣高雄，分別是李子天、李子山……」

---

①相談役：顧問。

「……」李祥好陌生的名氏，只是李子天三個字激湧些許漣漪，李子天重重地甩著吱吱叫的頭殼。

「汝老爸欲返來臺灣，恭喜哦！」

「老爸？老爸由叨位來?!」李子天心中疑惑喃喃自語。

「由唐山來，平津同鄉會吳理事來的批。汝看！三月廿日天津的船，到基隆偎岸。」

唯要如何去基隆接，卻是一件棘手的事。去年（一九四七）發生的取締私煙事件，雖事過境遷，但周遭還是議論紛紛。理事長曾為會館事務前往市府交涉，幾遭槍擊，大伙還餘悸猶存。牽手時常講無事就儘量不要出遠門，尤其前往北部是非之地。

澎湖同鄉會以聯絡鄉誼，增進福利互勵互助為宗旨，並以高雄市為活動區域。頂個月由海南島死裡逃生返臺的鄉親三十多人，在高雄就得到本會的溫暖照護。彼時，伊也曾出過力，難不成自己的父親就不熱衷了？不！實在是來得太突然了。

屋外，日頭正赤焰焰照耀者；另外一間厝內，兄弟不間斷的喧騷聲浪，有時夾雜著查母人尖銳爭吵，紛爭似乎已呈現白熱化階段。

「袂使予恁老爸聽著，伊最近人無爽快，做囝兒應該知影體諒。」李子天牽手，五個後生的老母高招治，頭殼後平時的潔亮包頭，此刻鬢絲無力地披散在面前，兩隻顫抖赤腳八字型站在中間，痛心的望了望爲財產之事正吵得快翻天的眾兄弟。沈一會兒，長長喘了口氣，又舉起戴著玉環的手，指向正抱著頭沈思的第四後生李連四叱責：

「當初予汝去做營造，做到最後無貓無加鴿②，怪啥人？」

「毋是我咧計較，自頭汝做老母的就無公平！」

「共汝飼大娶某，今日講這款無天良的話，毋驚雷公拍死！」高招治雙手插腰氣噗噗，這時又見四媳和二媳在角落鬥嘴，雙管心火燒將起來：「做查母人愛較有斬截！毋通一日到暗專門作中班弄濁水③。」然後大氣喘喘跌落在窗前椅子上，見大小頓時靜默下來，才重重換氣慊慊然無奈近乎嗚咽的聲氣向另一角勢說話：「枉費恁老爸拍拚將一个一个飼大漢，閣受高等教育，無意悟隨人娶某以後，就變成某生的了，這成啥物體統……」

火氣旺盛致使高掛於窗框頂的昏黃圖畫歪斜一邊，這是畢業於日本美專澎

---

②無貓無加鴿：一無所獲。

③中班弄濁水：居間挑撥，惹是生非。

湖同鄉劉清榮的傑作，伊曾對李子天講：

「老大！汝五子登科，是咱澎湖人的光榮，我送一幅畫共汝做生日。」

當時李子天喜孜孜攤開這張約三尺長四尺寬的畫布，埋頭凝注，只是對那種印象派的外光加寫實主義的技法，有點丈二金剛摸不著頭，沈思了一下，才舉起手逐一指著畫中實物，像猜謎似的：「這是灶腳，這是金瓜？或者是屎龜？嗯！這五个人畫得眞活……嗯！這內面一定有某種意思佇咧。」伊身子自然傾斜過來，準備聽聽畫者的解釋。劉清榮左手撫弄著不長不短的山羊鬍，慢條斯理像吟詩般道出：「四兄五弟一條心，灶腳灰塵變黃金；四兄五弟各條心，堂前黃金變灰塵。」

「有意思！有意思！」李子天拍著對方肩膀笑哈哈。

彼當時學醫的大囝李連一尙留在日本，其餘均同住於有六個房間的大宅院，除李連源事件偶爾困擾這家子外，兄弟之間還不至鬧鬩牆，只是陸續各自成家後，這個位於前金地區數一數二綠意盎然寬廣的李氏宅院，漸漸呈現衰頹氣色。

尤其自第四媳婦彩蓮入門後，情況愈演愈烈，因此被高招治認爲是李氏的掃把星。

「豬屎籃結綵④，當初我就無合意，毋知汝看著伊佗一點？」做娘的對李連四埋怨。

「汝的新婦有佗一个比彩蓮乖巧拍拚。白阿花辭職離開，厝內大大小小佗一項毋是伊咧作，伊只不過袂曉巧言令色而已爾……連阿嫂難產也怪伊，這款作老母的就有大小心了。」耿直的李連四，此刻僅發出一點鬱積甚久的悶氣，這還不是最打擊老母的心，好死毋死，伊偏偏閣三不五時提起大母的後生李連源。

「無論怎樣，連源也是咱的兄弟！百萬富翁李子天竟然有一个三頓無好勢的囝兒，這毋是天大笑話嗎？」

「這種事，閣輪袂著汝這個孽子來打派。」

這手囝兒在高招治眼中，李連四最叫人疼不入心，而李連四對老母看人大小目很不以爲然，特別是對錢的發落。

「錢如果塡到屎桶至少也會『碰』一聲有反應，如今予汝做生理有啥路用?!」

這是做老母講的話？提起這檔事著實叫李連四滿面豆花⑤，今日伊提出分財

④豬屎籃結綵：不相配或多此一舉。

⑤滿面豆花：臉上無光，灰頭土臉。

產，亦是被迫的。當初李連二自日本法學部留學返來，爲著選地方自治聯盟的主席，大批大批銀兩塡落去，老母攏無講半句話，而伊李連四也只不過挪用厝裡一點點資金去做營造，可歎的只是先前所看好的營造商，因爲高雄遭盟機猛烈轟炸，已成一片礫場，街容破碎，一切都得從頭建設。更不幸的是物價波動不已，工程費編算常有很大落差。往往編算好的材料費，到施工時早已追不上飛漲的物價，當再重新追加，物價依然漲勢難於遏止，就這樣由當初臺幣券的面額僅壹、伍、拾三種的狀況投資下去，不到一個月時間，臺灣銀行又陸續發行伍拾、壹佰、伍佰、壹仟、壹萬圓不等的面額。待工程完竣，臺幣是有領到，面額數目是增加，實際則是虧損纍纍，啞巴吃黃連啊！

做老母的，對囝兒的失敗不但不能體諒，反而時常在兄弟面前數落伊眼光短小，不是做生意的料，續落去彩蓮的日子更不好過。

李連四新愁舊恨，將刻有龍鳳配的紅木椅重重摔倒在地上，斜眼怒視老母大聲喊著：

「仝款是囝，汝爲啥物看人大小漢，難道我不是李子天的囝?!」

這時在另一角勢李子天，觸電似的霍地站立匆匆循聲入門，雙目炯炯巡視屋內大大小小，緩緩舉起手抽出含在嘴邊的煙蒂，昂頭冷冷的問道：

「講來分聽，啥人不是李子天的囝？」

大夥頓時靜愣，你看我，我看你，屏住氣誰也不敢吭聲，倒是高招治歪曲著整張臉，憤憤盯住李連四。李連四雙拳緊握，似有話要講，但還是往肚裡吞。

李子天見大家微微壓壓，神情才緩和下來。彩蓮趕緊扶起尪婿推倒的椅子，拿至李子天面前，低著頭輕輕說：

「歐多桑！坐啦。」

「濟囝多扒腹，濟媳婦多推託⑥。」李子天並無即刻坐下，反踱步到中間，瞄視這一伙伊最親的人意味深長吐出前人的經驗談。隨即又舉步到窗前，目睭觸及那一幅畫，顯得有點激動：「今日我李子天有一仙一鳖，也是毛管孔出汗的錢。父母的石磨仔心，作囝兒的有了解無？」

正當準備坐下，要好好說一番話，長工阿火哈著腰進來：「頭家！子山牽手秋素來，講欲揣汝。」

「眞好，叫伊入內。」子天欣喜站起身軀。

愣然的阿火，站在原地不動，似乎對頭家的熱烈反應不能適應。

⑥濟囝多扒腹，濟媳婦多推託：子多煩惱多，媳多紛擾多。

「等啥?趕緊請伊來啊!我纔想欲揣子山呢!」

「哦!」阿火這才會悟過來,迅速跑去大門引秋素。

「大伯有佇厝無?」日頭直射而來,秋素瞇著眼輕聲謹愼問道。皜素的臉龐,經過一個鐘頭的步行而滿面通紅。

「有!頭家今日心情袂歹。」阿火返頭笑文文對秋素講,好像意味此刻伊來對時間了。

踏入院庭中,陣陣七里香、茉莉花香、草木香撲面而來,醺得蓮子心花朵朵開,小手小腳直飛奔起來,興奮叫著:「阿伯的厝足大間哦!」

「細聲一點。」秋素彎腰,豎起食指封抵中唇,另一隻手緊抓住興奮得蹦蹦跳的蓮子。

跟在長工後面,蓮子突被眼前高滿的噴水池驚著,才乖乖緊偎阿母身旁,靜怯的觀望。經由迴廊旁的廂房玻璃,隱隱可瞥見晃動的一夥人。秋素深吁大口氣,急步向前邁進,心中默念,期望大伯能發慈悲,圓滿伊和子山的願望。

「阿伯!阿姆!阿兄,阿嫂!」蓮子順著阿母嘴尾一一細聲稱呼。

「阿子!滿身重汗,來!入內涼涼咧。」李連四上前牽起小手叫伊,看到連四兄，小臉蛋才露出純眞嬌笑，並仰起頭，嬌嫩又正經的訴說自己的新名：

「阿爸講日本人返去，我毋免閣加『子』了，甘單剩李蓮兩字。」然後小指頭忙碌的比劃起來。

事實上，無人在聽，大人都各自想著自己的問題。阿兄、阿嫂有的往樓上去，有的鑽進樓下廂房，剩下阿伯、阿姆陪走入大廳。

「聽講阿爹有消息了。」坐定八仙椅，李子天首先道出這幾日困擾伊的事宜。

「啥物所在？」秋素差點從椅頂跳起來。頂日子山突提起老爸來，莫非父子連心？

「問題是啥人有閑去接伊返來？頂港基隆是眞遠的所在。」

「近來出門實在誠危險重重，尤其北部擱亂紛紛……」本安靜在旁的高治這時插了嘴，被子天狠狠瞪著，伊才停止。

「……」李家人丁濟濟，派人接老大人有困難嗎？秋素心底想著。

「毋知子山有閑無？去北部一泄。」

「伊若無閑，嘛會專門撥工出來。」秋素胸有成竹回答。

「按如斯就好。」子天像卸下重擔，臉色黃黃，疲憊的靠在椅背閉目養神。

「大伯……」秋素欲言又止。

「……」子天睜開目睭準備聽。

「永遠租別人的厝總毋是辦法，最近我和子山看著文化路一間日本宿舍，有意思想欲買……」

「欠錢？」

「毋是！毋是！阮想欲借大伯汝的名買。以社員名義登記，價錢俗一、二十倍。做社員有優待。」

光復之初，臺灣普遍發生搶劫。搶的方式有兩種，一種是大陸人忙將臺灣掠奪的物件送回海峽彼岸；另一種是行政長官前來接收所有日本產業和規模龐大的株式會社，掠奪面比較高級。至於日本人曾居住的房舍，則依據「戰後內政辦公室」統計的資料，交由信用合作社分配處理。

日僑遣回，臺灣人能首先爭取的大概即是這些空房舍，但必具「組合」的會員資格，否則不但難登記，價格更有天壤之別。

枉費自己是會員，李子天倒不記得這也是投資賺錢的好時機。經弟婦提起，伊猛然站起，搓著雙手，凝望大廳外一陣一陣高噴的水柱拈嘴鬚。秋素覷腆窺看大伯扒起扒落的動作，見良久無反應，胸坎急促起來：

「三塊厝彼間厝，實在蹛無夠，厝內傷小走跳無路，而且以後老大人返來臺灣嘛有所在蹛……」

最後彼句話推動了李子天的答案，伊爽快的講：

「好！我的名借恁去登記。」

5-3 打狗受難

這幢日式宿舍，有八疊、六疊和三疊的房間，紙門和窗格，沒有一塊是完好的。子山把玄關的紙窗打開，只見八疊彼間堆了一地雜亂細碎物件，還有院子角落東倒西歪家具，整個房子呈現一股久無人住的狼籍破敗。

雖破舊，對李子山一家人卻如獲至寶。從澎湖移居高雄的第二十年終於有一間屬於自己的窩。只是打拚這麼多年，還待日本人返去日本，才撿到這個便宜。

搬家工事暫告一段落，厝內家小圍繞在長一丈，寬六尺，高一尺半，六腳各雕有羅旋的矮桌，蓮子和兄哥們更爬到桌面打滾。這張豪華桌仔是秋素洗衫的頭家高橋木先生送的。當時無法放入三塊厝彼間窄小的租屋，一直豎立於灶腳牆邊，如今總算有了安置處所。

秋素忙完家事，縮起腳盤，舒適趺坐在榻榻米頂，雙手撫摸光滑桌面，見物生情，深深嘆口氣講：

「人親像花蕊一般，無百日紅。」

憶起這位主家，平常時對伊眞照顧，阿智小漢時被日本兵抓去，多虧高橋木先生保出。日本人也有好人呀！但是好人亦遭到同款命運。彼日，算不出是終戰後的第幾日，高橋木攜著太太和女兒，一副狼狽相，前來伊的破厝要求保護。秋素趕緊請入內。無多久，果然一群臺灣人持著木棍高喊「跛腳鴨」。秋素迅速將橫木套門門縫，並示意請落難的這一家人安心，有事伊可以頂住。只是慌亂中，卻見高橋木女兒一面揮著淚，一面憤怒的說：

「什麼？難道清國奴也要來奴役我們嗎？」

眞是作孽，同是「人」爲何不能和平相處，冤冤相報何時了結……

「阿母！阿母！人腹肚枵。」一群囝兒吱喳吆喝著，將秋素思緒轉返來。才這麼舒適喘一口氣而已，就已日頭落山了。

正當秋素在廚房霹哩吧啦剖柴，並費力引著火炭，熏得目水直直落，這時蓮子像小精靈跳到伊跟前說：

「阿媽的腳閣咧痛矣。」

「汝去巷口算看鵝仔有十一隻無?」秋素見天色已暗落來，一心急急要煮飯，一心又掛念著一日尚未完成的工作，而無暇顧及囝兒話中的意思。

「嗚!嗚!我眞歹命，想欲討一嘴酒來止痛，好比乞食乞款!欲死就緊死，毋通佇遮拖屎連哦……」

娘的哭叫聲將秋素的心提吊到半空中，伊突地趴起，顧不及頭殼一陣暈眩，慌亂尋找米酒蹤跡，雖然酒缸內空空無半滴，幸好子山和換帖朋友前些日喝酒還剩半缸，隨即倒入碗內，小心翼翼捧往祥嫂面前：

「俺娘!酒來了。」

子山不時訓勉家內大小：「阿媽目睭無看見，如今腳閣摔斷，逐家愛更加友孝，來減輕阿媽的病痛。」好動的祥嫂，自從斷腿，鎭日弓著身軀，雙手抱著腿無法直直躺平，就像洩了氣的皮球，每日哀嚎適恆，呼天搶地。這時唯有米酒頭仔，才能寬舒伊老大人淡薄的悲疼。

然而此刻酒也喝了，哭叫聲卻越顯悽慘。孫兒圍在身旁無奈何，秋素在廚房，心更是七上八下，大家渴望阿爸快快返來。

「俺娘!腳是毋是愈嚴重?我閣去請接骨師來……」放了工的子山，院子外即耳聞娘聲音，三步併一步衝入內，雙手輕撫娘盤曲的雙腿，心焦的凝視那張哀怨的面容。

「夭壽哦！欲害死我就明講……竟然用臭酸酒予我啉……天呀！地呀！汝就予我緊死死咧」

「汝阿母佇叨位?!」憤怒的子山返頭問驚駭在旁的囝兒。

「佇灶腳……」指著方向，怯怯回答。

子山氣撲撲，鬢邊突暴青筋，雙目布滿血絲，跳到熱滾滾呈昏黃的灶壁，揮起右手，咬緊牙床「啪」一聲落在爐邊彼個滴滴汗水的臉龐。秋素丟下鍋鏟，撫著火辣辣左面頰，忍氣吞聲，低著頭一溜煙從後門奔走。

蓮子見狀邊哭邊從前門跑去，但淚水遮住視線，外面又是一片漆黑，頓時失去尋覓能力，僅在門外頻頻呼喚：

「阿母！阿母！……」阿禮、阿智相繼出來，兄妹擁抱哭成一團。

子山癱瘓於大桌邊緣，屋內片片烏雲，遮蓋住新居的艷陽喜氣。伊上齒咬緊下齒，嘎嘎作響，這是遇到難題慣有的動作，隨即視線觸及娘身後彼碗酒。伊緩緩站直身軀，抓起碗謹慎於鼻前深深吸氣，並湊近嘴邊沾一點，續落去飲進一大嘴，然後疑惑的望著眉頭緊鎖的娘，輕輕試探：

「俺娘！這碗酒是好的，並無臭酸。」

「汝怪我亂亂講？」

「無啦！汝閣試一下。」

「明明味就是毋對，啉幾十年的米酒，啥人嘛毋免騙我。」

「……」子山愣了好一回，恍然大悟：「娘呀！這是紅露酒，毋是米酒！」

天頂總有白雲加烏雲，日子也有歡喜加憂愁。經過一甲子的歲月，祥嫂這一生最親密的人，也是最陌生的人；最依靠的人，也是最怨恨的人，而今白髮蒼蒼，傴僂駝背，又曾各自有過牽手的兩個原配人，面對面時會是一個啥款式的場面？

「俺娘！汝想現時踦佇面前是啥人？」有一日子山歡喜的說著，一面蹲下來撥平娘的對襟仔衫。

祥嫂習慣性仰起頭張開霧茫茫的雙目，嘴唇緩緩撥動著：「是——汝

——的——阿——爹——」

李祥伸出五指在祥嫂面前擺晃，見無反應，神情顯得激動：「㰖仔！是啦！是我啦！」

「汝吃飽袂?」祥嫂出奇的平靜，像在問普通朋友，是的，這世人啥款大風大雨無經過?!這算啥?

大是兄，小是弟，難得一家團圓，大兄來相找，小弟講：

「多謝阿兄發落，阿爹才會當順利返來，今後阿爹就蹛我遮，予我好好友孝伊老大人。」

「嗯！」子天手持煙斗，雙腳不停穿梭於八疊、六疊、三疊之間，並頻頻點頭，此刻兩兄弟同時走到玄關。

「這間厝欠阿兄的尾款，過幾日阿鋁米領錢，我會算清楚予汝。」

「免還了，兩個老廢仔身體攏無好，以後閣需要用錢呢！」子天緩緩講出，一面踱著步深思著。

「親兄弟，明算數，我——」子山急欲表態，被子天打住。

「且慢！我想這間厝會當予汝蹛到老死，名義是我的，歸氣嘛免過戶啦！

省麻煩。」

「……」猶如平地一聲雷，子山大嘴開哈哈，想不到兄哥有這款打算，有一日，伊老死，伊的囝兒就無厝可蹛，這算叨一朝代的規矩？

安頓一家八、九口，雖不很複雜，但也不是很輕鬆的事。尤其子山被親兄弟「坑」了所反彈的衝力，誰人亦無伊的法度。伊決心繼續再尋找房子，伊一刻也不能停留在這間所謂「李子天」名義的屋簷底下。事實上，如果不是爲著序大人，伊眞不願與這位一向視「利」比「情」濃的兄哥相交纏。知兄莫若弟，伊早該知覺！路歸路，橋歸橋，永遠是不同的牽頭。這次是自己找上門，有啥話可講，眞正是請鬼捉藥單，教豬教狗不如自己走！

皇天再怎樣無閑，終會聽到有心人日日夜夜的走踏，不到一個月時間即又被秋素探聽到位於過田仔的偏僻地帶一幢被炸彈炸得面目全非，兩、三年均無人問津的破舊木屋，甚至還有人說，那麼偏僻所在，還會遭到炮擊，顯然是不祥之屋。

「路是人行出來的，厝是人蹛出來的，甘單有地、有型就好辦了。依目前看來，只有彼間，咱才買會起。」秋素對雜草叢生的這間荒涼之屋倒是無忌無諱，興沖沖與子山商量。

「嗯！我來想辦法加入組合，價錢會閣較便宜。」

聽說又要搬家，家內大小反映不一，李祥更是靜觀其變。自返臺不到幾個月，那走江湖的目勢，對兩個囝兒背道而馳的性格已瞭如指掌。但一個偏重利，一個偏重情，都不是上好的處世態度，伊曾想扮起老爸的架勢給予諄諄話語，然而兩兄弟好比鴨仔聽雷，各人猶原我行我素。唉！實在是離家鄉太久，父子之間除了僅存的血緣外，似乎無什麼話講。事實上，長年跑江湖染上的氣喘，不時纏病在身，世事的種種，也力不從心。牽手更無因伊的返來而歡頭喜面，有時還會數落講伊就是少年時爲非亂作，老來時才悽慘落魄……當年上山打日本人、下海討生活的叱吒勢頭，如今已煙消雲散。這個世界的運轉，對伊來講實在無啥路用。只有李家這個唯一的查母孫蓮子，三不五時依偎於身軀邊吱吱喳喳的撒嬌，才聊除些微疲憊寂寞的身心。

「豆——花——」這日外面豆花擔阿伯又自巷頭一路叫落來，叫起蓮子一顆忐忑躍躍欲食的心。兩隻小辮子左右搖晃迅速觀察周圍狀況。三兄趴在窗前認眞做功課，四兄不知瘋到那裡。伊必須要找出阿母的蹤跡，才能安心做下一步動作。阿母站在灶腳邊，低頭認眞將一粒黑黑亮亮軟趴趴的豬膽剪開，讓膽汁流進盆中水上，伊就知道阿母正準備洗頭了，短時間不會上來。伊躡手躡腳奔到阿公身旁，嘟起小嘴講：

「阿公！豆花來了。」

「想欲食？」

「噓……」小手驚慌堵住阿公唇上，表示要噤聲。

「愛食鬼……」做阿公的當然明白阿孫這時的心意，舉起乾癟的大手，輕輕捻著蓮子細嫩的小臉頰，然後趴起身軀，打開簞笥①，仔細從口袋取出一小張褐色的新臺幣五分錢來，並返頭對伊講：「汝就匿佇遮，莫亂走，阿公去買一碗來予汝食。」

「嗯！」喜悅充溢小小心房，唯命是從地拚命點頭。

阿公捧著熱騰騰豆花入內，蓮子迎了上去。

「阿公！汝先食，咱一人一半。」

「乖孫！汝一个人慢慢食，吃了後會記得碗愛提去還人。」李祥一面講著，一面持起桌頂的帽子戴在頭上。

①簞笥：日式房屋中靠牆的大壁櫥。

「阿公欲出去？」眼睚即刻紅潤，本來以爲可以和阿公共同享用。

「去外面看看咧，假使晚一點無返來，就共阿母講，阿公有可能去阿伯厝行行咧。」

李祥輕輕拉上紙門，在門縫中還比著要蓮子趕快享用。然而無見著阿公龐大溫馨的身影，蓮子已然失去味口。呆坐良久，啊！可以分一半給阿母，不行，阿母會罵人。嗯！叫阿公吃了再走……正三心二意之際，「噗」一聲整碗豆花濺倒在整片榻榻米上。顧不得節制的「哇！哇！」，似乎將痛失豆花和頓失阿公的惆悵一起哭傾而出。

日頭早已落山，門外一片烏暗，但阿公的蹤跡卻久久未出現。

「老大人怎樣猶未返來？」

「阿子講阿公有可能去阿伯厝。」

「明日叫阿義去看覓。」

「過田仔彼間厝的手續辦好，就會當搬去了。」

「這遍好佳哉有阿爹的援助。」

「阿爹這遍返來攏是悶悶不樂，脾氣和以前完全無仝。」

「除了唐山來的彼个姓蔡的朋友有相揣以外，差不多是無半个朋友。思想的暗淡，使人憔悴。」

「最近聽講蔡堆先生予官廳掠去了，講啥物伊是共產黨的人。」秋素講到此，突然降低聲量，並左右盱盱環視。

「想講日本人返去，國民政府來，臺灣人就有翻身的一日，看這款勢是青盲掛目鏡——無路用啦！」

夜深人靜，側躺八疊眠床，阿爸阿母的對談，響徹蓮子耳畔。心心念著阿公，昏昏欲睡的小腦袋依偎母親柔軟的胸脯，卻很快就進入夢鄉。眼皮一閉上，阿公高大駝背的影像，即刻栩栩如生向伊走來，小手欲前往摟抱，對方卻又像躲迷藏似的一溜煙不見了，尋呀尋竟然尋到一塊一塊豎有墓碑的荒郊野外……亦不知過多久，冥冥之中，彷彿門外有一陣轟然的吵雜，劃破沈寂的夜空，愈顯出慄人的悽清，接著榻榻米的左右也跟著起了亂紛紛的騷動……

「吐血喲！阿爹予人掠去壽山腳彼間省立醫院邊的看守所哦……」秋素哭叫起來，彷彿世界瞬間失去光明。

驚慌在黑暗裡無限延伸，在黑洞裡緩緩旋轉，終將這家子吞噬，深陷於幽霧之中，始終摸不清爲何一個七十幾歲的老大人會被掠？

更叫人泣血的是，尚來不及求出一線力挽狂瀾的生機，卻又傳出老人家因氣喘發作而氣絕，叫親屬去收屍的噩耗，好像要強蒙人們的頭臉，然後逼他看清生滅之間混淆的臨界，使人昏沈得像挨了悶棍。叫人怎樣知解，如何承受突然的日蝕月晦？

5-4 死之花攀爬在心圃頂

越過橫七豎八的籬圍，一座雜草叢生的院子，毫無遮攔地映入眼簾。其中立著一幢傾斜的木質住宅，左側一個大洞，顯然是中彈的痕跡。木板的顏色已焦黑。房屋的前右方有一口水泥槽，是準備消防水用的，由於久未使用，上頭注滿雨水及一些游走的小蟲。

未來的主人想踏入這幢破舊房屋，首先還得頂眞的撥弄屋簷下和門楣間牽結的蜘蛛網路，彷彿叫新主人同時要甩掉那千千疑惑加驚嚇的心結，然後才能再重新面對未來的生活。

那眞是一處荒涼所在，四周盡是墓地，秋素卻對一大片空地大動腦筋。一畦畦綠油油菜園，一隻隻肥滾滾豬仔……似乎已映在目前了。爲擁有這間眞正屬於自己的房屋，日子變得更加窮困和忙碌。蓮子一向喜愛鑽進阿母懷裡撒嬌的享受，又再度被剝奪，伊開始派上用場，幫忙飼雞飼鵝。

小小年紀，不怕天、不怕地，不怕兄哥會欺侮，因爲只要雙親出聲講：「只有一個小妹，也毋知疼惜。」包準讓最會創治伊的四兄即刻知難而退。然而「鬼」卻是伊的最怕。「人死去就變作鬼。」阿公死去，阿媽說阿公的鬼魂有返來，但卻久久未見阿公高大駝背的身影，僅見阿爸阿母跪在地上悽慘的哭嚎，叫人心驚膽跳，腳手發冷。空襲時阿美的死，也同樣叫人窒息。

伊開始對「死」有了很強烈的忌諱。假使有人不經意對阿爸或阿母說「老去①」，伊會在彼個人背後大瞪白眼並拒絕喚他：「阿伯！阿姆！」常讓阿母在客人面前尷尬罵道：「這個毋知禮貌的查某囡仔！」

日時還可以，暗時四周烏墨墨，此起彼落的蟲鳴、蛙叫、風聲響徹間疏隆起的墓地，總叫人不寒而慄。阿母鎮日拖磨到深夜，阿爸又不常在家，別人不願上的大夜班伊全包。尤其每當午夜兩點，是阿爸下班回家時間，也是蓮子最難挨的時段，不知爲何每到那時刻，伊準會醒來，拚命想像阿爸經過那片陰森大樹底下的墓地受驚的恐怖可憐模樣。伊急得眞想哭出聲，但又不敢哭，怕睡在旁邊的阿母會難過，只得蒙在被窩裡直冒冷汗，不停唸著：「觀世音菩薩！請汝來解救，保庇阿爸平安過去。」然後一顆心就這樣懸在半空中，直到聽見那熟悉腳踏

①老去：死的意思。

車聲進門時，才安然鑽入阿母懷裡睡著。

「上惜生命，一點病痛就哀爸叫母。」是兄哥對蓮子的形容詞，但蓮子自己卻背負這「孝心」的重擔，無向任何人訴說。如果生命有苦，對伊來講，就是對親人生命的牽掛。是排行老么或是個性使然，對雙親的依賴是那樣根深柢固，潛意識裡，害怕著有朝一日阿爸阿母會親像阿公一樣突然死去。當然不會，因爲伊無時無刻在心中向神明拜拜。

是一個秋日的午後，蓮子正趕鵝入巷口，突然瞧見阿母從豬舍一瘸一瘸憂容滿面地走來。蓮子尚來不及放下木棍，阿母就像卸重擔似的，將整個身軀倒在柴堆上，伊驚叫一聲「阿母」，狂奔過去。只見阿母小腿中間凹入，傷口深幾見骨，血流如注，伊一面哭一面抱住阿母：「欲按怎就好？阿爸、阿兄攏無佇厝……」秋素示意要蓮子去請阿碧婆，家周圍是一片田地和墓地，要過好幾段田埂才能到阿碧婆所在。

「觀世音大人汝袂使予阿母死去……」口中唸唸有詞，跑到目的地時，發抖氣喘的嘴唇變成：「阿碧婆！救命哦！我阿母死矣！」

「啥物？」

「毋對！毋對！我阿母受傷了。」

最忌諱別人講，自己卻說溜了嘴。一路上淚水模糊了視線，跌倒了爬起，仍然急著要死命用指甲掐入自己的手背肉，讓它流血，愈痛才愈能表示已化解剛脫口而出的天大錯話，伊恨死自己了。

過二、三天秋素躺不住，又起來打點彼片流汗流血播種的菜圃，伊滿懷希望，這個春天過後，就能收成多樣式的菜色，到時還能賺錢呢！

討生活的忙碌，幾掩蓋住先前突如其來的日蝕月晦。家內大小盡力扮演各自的角色。李祥過身了後，祥嫂從此安安靜靜坐在病床（斷腿後整個身軀即不能平躺），似乎已無半點哭嚎的力氣了。

子山看在眼裡，痛在心底，不但要壓抑失父後對時勢的無奈，更要竭盡所能撫慰心如死水的老母。

在如此低氣壓之下，如果家內尚有些微生氣，那即是先前不顧阿爸阿母反對，堅決跑到外面嫁給一位外省軍官的春里，伊三不五時乘坐三輪車或吉普車，風風光光的持著大包小包返來給阿母相添作家用。嫁有勢頭的尪婿，行路起來攏有風。這日秋素接過春里從左營迢迢帶來的軍用毛毯，憂喜參半關懷的握著春里的手講：

「汝取物件返來後家厝，丁仔會講話無？」

「伊人眞好，眞明理，不時歐多桑長，歐加桑短的向恁問好呢。」

「有閑叫伊來厝坐坐咧。」

「軍裡無閑，聽講伊有可能欲升少將了。」

「少將？」秋素歪一下頭，聽無，但隨即笑文文壓低聲調又講：「官廳有運轉手②予伊專用，想來伊是做眞大的官了！」

「伊留學日本帝國大學，頭殼是一流的。」春里喜孜孜的沈醉在幸福裡。

「汝若好命，做父母的就安心了。」

「風神加大面神。」一向古意的阿義，此刻蹲在簞笥邊沖著本要配對給伊的春里吃味的抿嘴。

「汝講啥！」春里霍地站直身軀大聲頂回去，這時的伊已非當年時常被阿義欺侮的童養媳。

「自己面上無肉，怨人大腳倉③。」秋素見怒氣沖沖的春里，伊返頭責罵阿義。

②運轉手：司機。

③自己面上無肉，怨人大腳倉：吃不到葡萄說葡萄酸。

眼見這兩個本要送作堆的兒女，又鬥嘴了，尤其阿義悶悶款樣，作娘的只有這樣說教：「啥人叫汝一心欲死，一心欲食米④。另日我幫汝揣一個新婦啦！」

南臺灣季候變化無窮，自一五水災後，還是晴時多雲偶來一陣大雨。攏是二月天了，一連又落幾日雨。這日好不容易放晴，蓮子挽著竹藍，踩在濕漉漉菜瓜棚腳，跟隨阿母走跳，隨時迎接阿母躍腳尾，仰著頭殼從格格竹棚中摘下的朵朵菜花。

「拜地基主閣加一種菜色了。」籃內已然堆起一座小黃山，秋素輕輕吁一口氣。

「阿母！彼爿擱有，挽較濟咧，人愛食。」蓮子嘟起小嘴唇，舉起手指向依偎於牆角黃澄怒放迎風招展的花朵。

「嗯！雞蛋色的菜瓜花沾麵粉共伊炸予脆脆的，食起來的口味像雞蛋酥！」秋素嘴角往上揚，笑文文對小女講。

擱置菜刀，放下袖口，仰望天色，秋素喃喃自語：「天公伯仔，緊好天，大人愛賺錢，囝仔愛過年。」

④一心欲死，一心欲食米：三心二意。

正欲舉步轉返厝內，遠見春里的佣女阿花，騎著自轉車急呼呼狂奔而來。

「歐巴桑！害了！害了！頭家死——了，頭家娘——哭——眞悽慘！」阿花披頭散髮，上氣不接下氣，淚水直流。

「汝講清楚點！」秋素扔掉手中物，食指搓盪耳孔。

「軍情部派人來通知，講頭家已經予人槍殺了，叫頭家娘去——收屍……」阿花講到此又哭嚎了起來。

「汝是咧唸經？我聽無啦……」秋素厭惡的揮揮手，久久才講出話來。

「歐巴桑！這是事實。拜託了，趕緊和我來左營一迣。」阿花見對方神情恍惚，愼重大聲的表達來意。

在臺灣，日本政府推行「皇民化運動」。而今日本人返去，國民政府來，於一九四八年第一屆國代大會中訂定「動員戡亂時期臨時條款」，不到半年即實施全省軍事戒嚴令，爲了防共，進而規定省級公務員連坐施行保證制度等等控制體系。居住於福爾摩沙島的人民，卻無「福爾摩沙」的運命！

伊的同袍偷偷跟春里這樣講：據官方說法，丁少將有匪諜嫌疑，在臺灣隨便娶一位臺灣女郎作掩飾，而且與臺共份子有接觸，十二月底被海軍軍情局半夜中暗暗來個突押，並以「涉案人多，偵訊費時」爲由，不等移送法庭審判，亦無申訴機會，這位李家女婿就這樣，在一九五三年二月十八日連同和他交往密集的同袍十一人，在午時時分青天白日下，一槍斃命，倒臥於滿地紅的左營泥土上。

鮮血滴落在左營桃仔園地，團團的紅泥好比蓮子阿爸鋁氧廠外那堆積如山的紅泥。李子山說鋁礦在提煉之前先要磨碎，就像食物先要咀嚼消化，磨成的礦粉再以蘇打水混合成礦漿，顏色是紅的，如大雨後陰溝裡的泥漿，誰又知道其中含有寶貴的氧化鋁呢？而那「死之花」不時攀爬在這塊泥地上，誰又知道其中含有多少的冤屈呢？

Chapter 6

童夢的故地

（1955-1986）

6-1 分家爭產

鵝頭盤旋在謝籃邊緣垂垂欲落，鵝腿依綁在細皮肥腆身軀，莊嚴閉目被供於天宮紫微大帝面前。廳前香火裊裊人聲鼎沸。蓮子細薄手掌，緊扯住阿母腰邊對襟仔角，默默窺視昨日還蹦跳和伊作伴時日最久長的鵝母，說不上叫人錐心的痛。阿母說要挑最好的來拜，表示對神明的尊敬。

每一項牲禮，攏是一項犧牲。

無犧牲怎樣算是禮物呢？

禮物就在秋素雙腳跪落，雙手跋筊，雙眼虔誠，向天官大帝許願，「刻」一對五斤的頭釆龜保庇家內平安，明年絕對母利還到。於是香噴噴兩隻背頂布滿紅彩格的糯米龜，即被慎重請返來，供在案閣桌頂。阿義、阿禮、阿智即時鑽起上元燈，祥嫂叫大大小小來聽香①，關三姑②……

「啥物時陣會當食？」

---

①聽香：元宵夜，向月亮擲筶，推測未來運途。

②關三姑：請三姑（春臼神）來指示。

「愛拜三暝三日，閤家平安！」

每當過年過節，案閣桌頂不知什麼時陣愈來愈富裕，大概自六十九號彼間「宿舍」以一個月三十元美金租給 C.A.T③二機輪的美國仔，自己再租這間新臺幣一百元的巷底厝吧。雖然空間窄了，但一想到每月能淨賺一千二百多元新臺幣，心頭就像活泉滾滾流暢，甚至亦有餘地援助澎湖的親戚五族，尤其彼個同母異父的小弟。

「寄一寡予冬伯仔。想起彼當時，外垵庄就是伊上照顧咱。」子山很慎重的講起。

「頂個月才託人寄予伊，我想這個月就予尤恩作添油香，好無？」秋素剛自美國仔處收房租，美金還握在手掌心。

「尤恩？內垵彼个尤恩？汝閣有和伊連絡？」

「拜託伊初一、十五到厝內神主燒香拜拜，替我向阮厝內請安。許家袂使因爲無半个查甫人就斷香火！」秋素一提起後家厝，目屎就滴落來。

「……」子山瞬時也沈重起來。

「以後揣時間返去澎湖一迣，將老大人和阿弟的墓，好好發落整理，予我

③C.A.T：美國陳納德將軍組成第十四航空隊，協助中國抗日。日本投降後，民國三十八年，其設備撤離臺灣，於台南另成立「民航公司」從事航運工作。

的親人有落宿好所在。」秋素拉起袖角擦拭目睭角，小心翼翼徵求尪婿首肯。

「自頭共汝講幾遍，遷墓的代誌，袂使亂亂來。汝已經是李家的人，後家事上好少管。」

「……」秋素眉頭結結欲言又止。這時外邊自遠而近響起阿智放學後的歌聲：「反攻！反攻！反攻大陸去！大陸是我們的國土！大陸是我們的疆域——。」

「狗聲乞食喉④！汝眞有心情唱歌？」秋素大聲叱責，卻引來祥嫂悽慘的呻吟。子山狠狠瞅了牽手一眼，返頭急急跑近娘身軀邊，憂心忡忡地問：「腳閣咧抽痛？我來捏捏咧，汝就會輕鬆點矣。」伊動作溫柔，與剛剛和秋素對談判若兩人。

「最近目睭皮直直跳，跳到心頭噗噗叫。子天的病毋知好未？肝無好醫。唉！連四最近也罕得來，兄弟袂合，老爸怎樣會輕鬆？」祥嫂面憂憂嘆息。

「俺娘！汝老大人免煩惱，予少年人來打派就好。」

講人人到，講鬼鬼到。這時連四全身黑墨墨，瘦骨嶙峋，猶如幽魂飄入內。

④狗聲乞食喉：聲音很難聽。

「阿嬤哦！我『阿』過去了……」連四跪著抱住祥嫂悶聲啜泣，像一個無助棄兒，癱瘓在榻榻米上。

巍峨大樓厝，坍塌在塵埃裡，一切攏是凌亂加破碎，心靈四面張望，除了飛揚的灰濛濛，又能看到什麼呢？

由於李子天無女兒送伊上山頭，蓮子被借去充當阿伯的查母囝。蓮子穿妥孝服夾雜在大廳前，司公⑤一看，滿意點頭，這下李子天有孝子、孝女、孝媳、孝孫圓滿圍繞身邊，可以開始進行程序了。

首先由長子細心靜肅替老爸淨身，續落來是穿「貼肉綾」⑥時間，司公指著蓮子：「女兒來替阿爸穿內衫。」

「伊是阿伯，毋是阿爸，我阿爸是永遠袂死的人。」蓮子內心直唸著，抬頭仰望阿爸阿母哭腫的雙眼，似乎示意要伊照司公講的話辦事，伊有嚎啕大哭的念頭。

此起彼落的飲泣，未亡人的呼天搶地，蓮子顫動的雙手困難的捧上一疊素衣，顫顫躓躓挪動千斤重腳跟。

「做一个樣式就好，我來幫伊穿。」另一個司公開口。

⑤司公：道士。

⑥貼肉綾：人死淨身後，第一件穿上的衣衫。

再度踏入這龐大庭院，往日的七里香、茉莉香，已隨著阿伯逝去的雄姿而萎縮成窒息腐敗的濃味。彼時高滿氣揚流動的噴水池也已然成爲一潭死寂的污水。迴廊廂房玻璃冷冷折射出重重的魍魎。心靈崇高的宮殿，而今只想牽拉雙親快快回到簡陋溫馨的家園。

事實上，大殮時刻：辭生、分手尾錢⑦、掩身旛⑧。出喪前：做功德、起材頭……孝女和孝子無兩樣，隨時攏要派上用場。

公祭時陣，司儀掀提喉頭哀婉聲氣娓娓道來——

「先哲李子天出身寒門，十二歲由澎湖到高雄做過苦工、替人煮飯，十九歲作苦力頭，廿四歲經營高雄、澎湖、臺南、臺東以及澎湖離島之海運業、漁業、拓採珊瑚打撈、食品製造等等，促進高、澎初期經濟發展。在日本時代捌爲咱澎湖同鄉出錢出力，爲創立澎湖廳民會第一代開基功臣……」

翠竹秋蟬的淒迷大地，五位孝子加連源六位手臂相挽捧住神位，拖著緩緩腳步，圈繞墓園黃土，低頭幽幽冥想，想起那一大塊鹽埕埔沙仔地，老爸尚未發落妥當就斷了氣。如果不是司公一聲令下，不知各懷己見的五位兄弟們是否還有此刻相挽局面？鳥鳴在林間啾啾，司公手持淨鈴，口中唸唸有詞，在李子天棺木

⑦分手尾錢：人死後分給子孫的錢。（象徵性銅板）。

⑧掩身旛：直幅而下垂在棺木上的幡旗。

符畫一生卑寒加顯赫的休止號。風在曠野颯颯，似乎要揪出兄弟們各異的心中糾結。

臺灣下港五月天窒悶氣壓，始終籠罩這間苓雅寮數一數二的大樓厝「李」宅。彼日「百日」剛過，連四遍尋老爸太師桌抽屜一堆的契約，就是沒有屬於「李連四」的彼張房契。

「揣啥！揣到滿身重汗？」連五輕輕問著。

「這間厝大概容允袂落我矣，我準備搬出去！」

「雖然大兄這遍位日本返來定居，嘛袂致使汝愛搬出去啊！」

「汝袂感覺老母看我親像眼中釘，二兄、三兄也看我無順眼，我佇厝內已經無路用了。」連四低著頭繼續找。

「汝是咧揣東爿苓雅寮二九號的契約？」連五試探著。

「是呀！汝有看到？」連四突地抬頭疑雲重重。

「是……」連五欲言又止。

「緊講！」連四衝到連五面前。

「大概——是——二兄——取去——賣掉了——」

「汝講啥?!彼間是阿爹登記我的名欲予我，當初嘛是我家己做營造賺的相添買矣，伊憑啥共我賣掉！」

「醫阿爹的病，汝也毋是毋知。」

「誠好的冠冕堂皇理由，阿伊爲何無賣自己的份。若欲賣也是我李連四的事。閣再講，大兄返來醫阿爹的病，醫藥費也無用偌濟。伊刁故意專門修理我，幹伊娘犁……」

「汝的脾氣像雷公，啥人和汝會和?莫怪阿娘疼汝疼未入心……，以後財產問題莫來吵我。」連五講完逕自走向鋼琴房，只有這個和學生作伙天地，才能使伊的心情平靜。

連四一條腸通肚臍，直來直往，遇不合理境況，即刻暴跳如雷，就曾爲著同父異母兄弟李連源事情和老母不時鬥舌。伊更看不慣二兄三兄看高無看低勢頭，甚至拉攏自日本返來的大兄作伙對付伊，兄弟間只有五弟和伊有話講，但連五發起藝術家脾氣，隨時翻臉的豬肚面，啥人攏無伊的法度。自老爸過身，伊就變成眞正孤兒。

腳步踱來又踱去，榻榻米承受壓力，蟀蟀作響。實在有需要和家人把話講清楚，但一思及以往太多的慣例，就像狗吠火車，無路用！撥到直，無虛實。和不講理的人共處，終是費神耗時，所以才想要搬出去。不知的人，想講伊李連四眞不孝，老爸剛過身，老母正需要人照顧……唉！講起老母，不是伊無心，實在老母的孝子有夠了，不缺伊這個礙眼的「孽子」。

家醜也不必外揚給朋友知，滿腹鬱悶，講來只有子山叔能了解。突地憶起阿嬸的膽病，忽然爬起，彎入房間，拉開簞笥，取出豬肝色外套，匆匆走向正在廳外掃地㧌水的牽手，若有所思，輕輕講道：

「我去阿叔伊厝！」

「欲返來食飯無？」彩蓮滿面憂愁，輕嘆一聲，一定又有啥咪不爽快的代誌，尪婿才會有這款舉動。

「阿財呢？」連四目頭結結向西邊空蕩三輪車房瞄一眼，雖心裡有數，但還是隨口問一聲。

「透早就載俺娘去廟堂拜拜了。」

連四頭也沒回，逕自走跳到巷底轉彎的組合門口，揮手招來一部綠油油三輪車，車伕尙未煞住車，伊一個箭步跨上去，閃入草色皺摺帆布內，手指向北方講：

「到澎湖社！」

就在拈嘴鬚沈思當中，突聽到有人喊著：

「阿兄！阿兄！」

連四左右尋看，當晃動的「視線」定住時，伊驚喜的叫著：

「阿智！去叨位？滿面紅絳絳！」

爲兄的急著揮手要車伕停下來，一面挪出空位又說：

「來！起來坐，我即馬欲去汝厝。」

「去鴉片伯厝，討寡鴉片煙屎。」

「作啥？」

「阿母的病閣發作矣，鴉片煙屎會當止痛。」

「應該去看醫生，煙屎有效嗎？」

「阿爸嘛是按呢講，但是阿母講無需要，煙屎免錢閣會當鎮痛就好。」

「阿媽好無？」

「……」阿智搖搖頭：「若腳痛起來就吵講欲轉去澎湖，尤其自阿伯死了後，就規日哭，講伊眞歹命。」

這時，陣陣炭煙嗆鼻而來，連四右腿伸直從褲袋取出懷錶一看，已是近午時分。日頭赤焱焱照射在這片七零八落出外人的澎湖社，益顯疲乏蒼白。斜對角彼間厝外，有一個女人手持板扇哈著腰聚精會神向土炭風口頂眞搧動，阿智等不及車輪煞住，迫不及待滑跳落來，歡天喜地直喊：

「阿母！阿母！我已經討到煙屎了，汝看！阿兄嘛來揣咱矣。」

「阿嬸！聽講汝身體欠安。」

「老毛病，無要緊啦！」話這樣講，卻掩不了落寞眼神。

「子山叔有佇咧無？」

「伊今日是早班，三點就交換班了。」秋素忙放下扇子，拉起袖角擦拭額頭汗珠，又講：「來！入內看阿媽。」

因爲窗口被物品堵住，屋裡顯得晦暗，這晦暗在祥嫂臉孔撒下灰濛濛陰影，使得駝背曲腰盤膝而坐的祥嫂，儼然一幅半球型肖像。

「俺娘，連四來探望汝！」秋素將祥嫂披散於臉頰的灰髮移夾鬢邊後，示意連四好好和阿媽話家常，伊要趕緊去煮飯了。

「心肝孫哦！來！來予阿媽摸摸咧。」額頭綁著烏頭巾的祥嫂舉起瘦削雙手在空中亂舞，顏面抬得高高，努力張開赤眶混濁的雙眼。

「阿媽！是我，連四。」

祥嫂緊緊握住連四伸過來的手。

「我予人欺侮到悽慘落魄哦！」連四話語幾近哽咽。

「是毋是兄弟鬩鬥舌了？」

「唉！一言難盡。」

「兄弟事需要忍耐，有量較有福。」

「兄弟？心肝剖出來，狗攏毋鼻，啥物兄弟！」

「汝心袂歹，就是脾氣歹，愛改，無則永遠會食虧。心歹無人知，嘴歹上厲害。」

「我欲去衙門告狀，代誌才會解決……」連四逕自沈浸強強滾的思維中，而後作出沈重決定。

「要三思而行呀！叫汝老母出來解決……」

「目鏡掛一爿，無路用啦……阿媽！到時有可能動用到汝去衙門幫我作證。」

「去衙門?!」一時之間，祥嫂皺紋鬆弛形成下彎的上唇，久久無法與下唇合攏。

屋外赤焱焱天光，猶如火鳥嚙咬出，而被利齒斷頭的天空噴出濃艷血色。臺灣枯乾的夏季與澎湖多風的季候相似，總有一股嘔心泣血的腥。

「我前世毋知作偌濟歹，這世人走到叨位攏是三遇四毋著，歹命呀！」祥嫂習慣性地哭嚎起來。

「阿媽！無赫嚴重，我只是欲討回一寡公道而已爾爾。」

6-2 韮菜還願

蒼茫暮色，自天邊灑落來。八月裡一個細雨日子，微風隨著一股急速氣流，輕拂金黃稻草和池中蹦出的菱角枝葉。籬笆旁，從那些蕭條和閃著陰霾的雜草中，到處可以嗅到土和稻麥花味。

剛自成功路鋁廠放工的李子山騎著自轉車慢慢駛向過田仔段新田路。右邊是已經收割了的田地和田埂間三五堆的竹叢綠地；左邊整排是日本人曾居住過尚具規模的房舍，終戰後由組合統籌轉賣，到目前不知已輾轉幾手了。

李子山在廿二號這間卅幾坪房舍前，手指頭緊扣手把煞住車輪停止下來，雙腳落地輕輕將二輪車推入院子，裡頭顯得有些雜亂，愛乾淨的伊微皺了一下眉頭。

伊並不急著入內，僅在廳頭或前房窗口往內凝視一番，即往舍房右通道挪步。娘的房間裡外都通，走通道似乎可以早一步探望到伊親愛的娘、苦命的娘！

「張先生！汝人來看我就眞好了，閣提物件來……」祥嫂歡喜感激聲音自巷道傳來。

「阿媽！妳好好養病，我過幾天再來看妳。」這位個子不高，聲調卻高亢有神的女中地理老師張佩玉先生，正要起身穿鞋，見到李子山迎面而來，馬上返頭握住祥嫂雙手又說：「阿媽！妳兒子回來了。」

「子山！趕緊共先生叩頭答謝。」

「……」子山在外頭，秋素在裡頭，雙雙向眼前笑容可親的這位外省女「先生」深深一鞠躬。

「快別這樣，倒是我要感謝你們，光復後那段日子要不是你們的慈悲和掩護，我們不知要被修理成怎樣呢！」

「隨國民政府來的外省人會欺侮台彎人，是無毋著，但是其中嘛有好人，就像張先生汝……。」秋素幽幽道出。

「張先生！尾款五千元，我後禮拜一定送到。」子山靦腆提起。

「我是來看阿媽，不是來收錢的。」

「這間厝會當以兩萬元成交，眞感謝。」

「該謝的是我，有現款，辦起事情就方便多了。」

「張先生和朱先生欲創辦的學校是佇……」秋素問道。

「土地已有著落，就在通往大貝湖的覆鼎金那裡。」

「辦學校實在是一件眞偉大的事業。」子山肅然起敬。

「唉！千頭萬緒，還好有幾位好友協助，事情慢慢上軌道。學校名稱暫定爲私立高雄市樹德女子初級中學。」

「眞好！眞好！依張先生的爲人，事業必定圓滿成功。」

「謝謝！其實李先生、李太太也是我遇到最善良熱心的臺灣人……」

主客相互推崇邊說邊走，至大門口時，張佩玉突地從皮包取出一張報紙，然後將之攤開：「這是臺灣新聞報，裡頭有你哥哥的消息，你看！『百萬富翁李子天，身後紛爭多。兄弟鬩牆，爲爭財產對簿公堂。』」

「眞歹勢！家內事引起到登報紙，實在是了然。不過代誌慢慢好勢了，我已經請阮澎湖有勢頭的力伯仔出面調解。怨宜解，不宜結。希望兄弟間愛有掌志，予老爸好好安息。」子山小心翼翼收起報紙，一面彎腰多謝，一面謙遜恭送身著藏青旗袍，髮繫兩條長辮的客人。

而這時，身爲阿姨和阿姑的蓮子，正帶著姪子們在房舍前一公里半所在竹叢仔腳池塘邊掠蜻蜓、疊卵石或拍著水叫紙船游動。所謂「池」係相戰時陣，美軍投落大粒炸彈所形成的大窟窿，加上七月的多量雨水，顯得更像一潭壯觀的「池塘」。

「阿姨！我掠到了，予汝。」無父的婉君小手緊捏蜻蜓翅膀遞到蓮子跟前晃來晃去，撒嬌似的討好。

「阿姑！我嘛掠到了。」無母的阿琳推開表姐，爭寵的挪近身軀靠倒過來。

「莫推來推去，無則我就莫愛疼啥人啊！」蓮子嘴巴如此講，心裡卻飄飄然，儼然一副小母親樣態。

阿琳是大哥兒子，自從大嫂過身後，姐弟就由阿母照顧。提起大哥，蓮子就滿腹火，想不到童年心目中的英雄，現在卻是一個正如阿母講的「豬頭面無路」人見人厭的窩囊廢。

大嫂嫁過來，大哥爲享更多自由，即計較要搬出。由於生性「食欲食好，做事欲輕可」，又嗜賭如命，大嫂不得不透早透暗到港務局岸壁當零工，相添作家用。彼日即為著多賺錢，天尚未亮，風浪又大，就這樣被摔落海，等天光，被人發現，已氣絕多時。想必做人尪婿的應有所悔悟，然而伊老兄卻變本加厲，為償賭債，時常揚言要將兒女賣掉，害得阿爸阿母對伊怨切入骨。

只要大兄出現，周圍即刻陷進黑天暗地。任阿母如何叱責，伊還是沒頭沒臉入內。唯有對阿爸尚畏懼三分，常乘阿爸上班時登堂入室。彼日蓮子放學，看堂堂六尺身軀的大兄又在灶腳微微壓壓尋找食物，而阿爸也快要下班，伊害怕阿爸見著人兄又要鬱結，於是使出全身奶力心焦的嚷嚷：

「閣毋趕緊閃開，阿爸就欲返來了。」

只要有誰讓阿爸阿母傷心，蓮子就恨之入骨。自小對「死亡」有太多傷痕，以致驚嚇有朝一日雙親會離伊而去。還聽講烏鴉在屋頂盤旋，即表示那家有死亡象徵，因之對烏鴉叫聲更是厭惡畏懼。

而今遊戲於竹叢田埂中，忽然響起烏鴉「呀呀」啼哭聲，蓮子整個人像觸電一般。抓在手掌心的蜻蜓驟落草枝間，也顧不得撈回費盡心思折成的紙船，即急急牽著眾姪們，大步小步循著田埂路，喘吁吁奔向家裡，見著阿爸在院子掃地，阿母在灶腳忙碌，才鬆口氣，然而胃痛卻大剌大剌湧上心脾。

不知呻吟幾刻，亦令雙親擔憂忙亂一陣，蓮子昏睡醒後，重鼻的藥草雞味飄香而來，伊最喜歡眼睛睁開，父母就在周圍。

「阿母！」伊懶散嬌柔輕喚著。

「醒了！醒了！」正在爲孫兒阿琳洗身軀的秋素，忙擦著濕漉漉雙手站起身。

「欲好啊，我閣去揣寡乾的稻草。」子山蹲於灶洞前小心注視火候，不能太弱更不能過強，鍋上鹽雞和茄冬葉才能交融入味，待煙透約需守候三小時。這是一種無耐性無法完成的胃痛秘方。

大囝親像大尾鱸鰻①使人冤嘆，小女瘦瘺挑食三不五時胃痛哀哀叫使人心疼。煩惱囝兒又要操勞孫仔，加上阿娘骨折後經年累月的抽痛，使得秋素自己膽病終致不敢見天日，目屎流入無流出。家內大大小小無人知悉一顆疲憊的心正在陰暗處與刺裂的肝膽搏鬥。

直到彼日，帶著連四牽手彩蓮看厝，正幫忙和厝主討價還價之際，猛然數條火金星閃閃入頭殼內。瞬間，天地移位，腳根浮浮，「砰」一聲昏倒六榻門檻之中。一家子也從失覺察裡匆匆驚醒，當醫生宣布病人需要大量休息，不能再多

①鱸鰻：流氓。

操勞時。

「這是病院！」眼睛一睜開，白茫茫一片，見到穿白衫，戴白帽護士，秋素急急自臥床坐起。

「伯母！來，我幫你注射。」一位瓜子型臉龐，襯出高挺鼻樑，細柔玉手持著針筒的護士，親切溫顏捲起病人袖口。

「阿母！攏是嘉雪小姐咧照顧汝。」阿禮喜孜孜向母親介紹眼前標緻的白衣天使。

「阿雪！阿雪……」眞熟的名氏，伊隱含一股不寒而慄的顫抖，啊！金瓜冤，是澎湖金瓜冤彼個阿雪……

「阿母！」見母親嘴中喃喃自語，阿禮戚慌的輕喚。

秋素定了定神，仔細瞧正低頭爲伊注射的嘉雪和澎湖苦命的阿雪是有天淵之別。蒼黃而疲倦面容上浮現絲絲笑意，阿禮這才鬆了好大一口氣。

「蹛病院，所費貴死人，我欲返去。」秋素抽回注射完妥臂膊，斬釘截鐵說道。

「等好一點才出院好無？」阿禮求助望望嘉雪小姐，希望伊幫忙遊說。

「閣有一項手術猶未做呢！」嘉雪並不爲所動，逕自有條有理從藥箱取出約三尺長的豬紅色橡皮管，在金黃鋼管上峰接上吸氣袋。當發現有道灼熱眼神咄咄逼來時，顯得有些羞澀慌亂，但職業本能使伊鎮定握著管口，輕柔細語向病患說：「醫生講愛抽出鬱積的膽汁，才會當減輕病痛。」

接著將管口插入秋素嘴裡，聚精會神，溫柔得像在哄小孩：「我幫忙推進，你就像呑嘴瀾，慢慢呑落去。會痛，但是愛忍耐，全部呑落，才會當抽到汁水……」

秋素一邊呑一邊噁噁作嘔，艱澀得眼淚直流，首次操作幾乎瀕臨窒息狀態。

「我甘願病死，嘛毋愛呑這種物件。」

如果沒有痛苦挖空心房，那有餘地放得進歡樂！是的，就是這樣，秋素的病雖然沒有痊癒，但卻爲阿禮尋來了如意媳婦，那是一年以後的成果。

四十桌喜宴將近尾聲，整條新田路喜氣洋洋，嘎嘎蛙聲，蟋蟀蟲叫共鳴愛的樂章。新郎阿禮、新娘嘉雪，雙雙捧著糖果盤在門口送客。秋素已換上輕便對襟仔衫，穿梭於杯盤狼籍之中忙碌。

「阿雪！恭喜！汝的新郎一表人才，大家閣勤勞仁慈，汝好命耶！」

嘉雪順著同窗祝福的手勢瞥矚婆婆秋素赤腳的一副鄉下人模樣，馬上低下頭皺起眉頭，羞與談起似的撇開話題說：「有沒有看到我媽媽？」

說時遲、那時快，一位珠光寶氣的中年婦人手提亮片皮包，腳著銀色高跟走了過來。

「這是我媽。」嘉雪光榮的用北京話介紹著。

「雖然親家是澎湖人，但是經濟袂歹，另外閣有厝租予美國人，我這个囝婿佇銀行工作，一个月薪水袂少呢！」

涼風微微吹拂黑暗，夜翻過一頁，是黎明還是更深沈的黑？人講「二年新婦，廿年婆，再過廿年做太婆。」秋素沒想到自己已熬成婆，但卻無婆的命。伊自源頭彼面走來，像提著戰戟的夜間武士，如今又像逆風而飛的草蟲。

「順姐！近來人眞悿，一入眼就夢見我阿爹阿娘和小弟……」有一日秋素疲憊的走入順姐的雜貨店。

「秋素！汝四個囝攏牽成了，拖磨一世人，現時是享清福時陣。」

「唉！這手囝仔，本來想阿禮較有斬節會當依靠，無想到娶某後就是某生的了，予老母買菜的錢嘛減少了。」

「我看阿禮比伊兄弟仔較友孝，免淡志！」

「唉！大概寄託大，失望嘛大啊！」秋素嘆口氣。

「蓮子這个囡仔眞佮俐閣考著屏東女中，日後絕對有出脫，到時汝嘛有依靠。」

「講啥？查母囝韭菜命，擱再講，查母囝是別人的，媳婦才是家己的。」

氣氛沈悶一會兒，秋素返身轉話題關心問道：「生理按怎？」

「袂歹，這間雜貨店假使無汝和子山幫忙發落，如何做會起來。」

「餔舌！家己人講啥物話？」秋素不以爲然頂回去。

「阿嬸！用茶。」這時美枝雙手捧著茶恭敬的說。

「連源呢？」秋素慈藹的問起。

「伊透早就去哈馬生款貨了。」

「順姐！汝好命了，這个囝有掌志。我有講過，一枝草、一點露，人各有天惠，靠家己較穩當，無需要去和人爭啥物財產。」

「我上愛聽阿嬸講話，我娘講阿嬸是秀才的囝孫，做人做事確實和一般人無仝。」美枝歡喜起來就比手劃腳，阿嬸是伊學習的對象。上至幫伊安頓當初落魄的一家人，下至在伊生產脹奶時，幫伊找頭家賣奶……等等，點滴感激不時在心頭鑽動。

提起後家厝，秋素即刻悲從中來，伊緩緩起身往門邊櫥窗撿選貨色，並掀對襟衫內面的暗袋掏出一百元：

「過幾日替我款卅份禮物，我準備返去澎湖送厝邊隔壁。這遍毋管子山按怎反對，我已經下決心將我許家厝七零八落的墓好好整頓翻修，來告慰祖先在天之靈。許家無剩半个查甫人，我這个做查母囝的，有義務擔這个責任。」

「汝近來人無爽快，而且遷墓是一件大事，愛愼重考慮啊！」

「我自有打算。」胸有成竹的秋素手捧著腹肚，彎著腰，面憂憂的自語：

「予我倒落來休息一下，才去菜市仔買菜——」

6-3 返厝作墓

一九五八年秋天

外面，是海和夜，是黑而深沈的水，還有無窮的悲嘆。但從裡面卻什麼也看不出來，在陰暗潮濕的艙室裡，處處是汽油、鹽水與海的腥味。一艘約兩百多噸的發動機「海盛輪」滿載著貨物和幾十個思鄉情切的澎湖人，在臺灣海峽中，以一種奮力劃破一來一往的波濤搖晃擺動著，同時發出噗！噗！的單調聲響。

靠著最裡面艙壁，在一個算是崇高的地位，釘有一塊木板，頂面安著一尊木質媽祖。這時心事重重的秋素，情不自禁雙手合十。這討海人的守護神，無論在什麼時代，攏以同款的溫柔又冷靜的眼睛，瞧著每遍可以有著良好收成的幸運兒和那些一去不再轉來的海難者。

秋素換一回坐姿，微微投靠一堆大包小包禮品當中。爲著此行，已三天三夜和子山起了歹面。

「難道袂記得汝阿嬸和兩个後生阿勇阿發，彼遍翻船死佇海裡的教示？」子山用盡各種方式阻止牽手返鄉做墓的事宜。

「就是後家厝攏無人，我才愈應該返去打算，閣再講，嘛袂使因為有一日予飯噎著，就毋敢閣食飯了。」其他事凡勢可以抽退，唯有這檔事，伊絕不妥協，這是伊做人的囝兒，唯一能完成的在生心願。

當昏昏沈沈睏了一會兒，卻被一股霉酸臭味熏醒，不知又是啥人嘔吐了。感謝父母，賜給伊不暈船的本事。伊爬起身軀緩緩步到甲板呼吸新鮮空氣，面對大海，伊有滿腹心痛。

這時，天際投來一道微弱亮光。一條使得天空圓頂現得更加黑暗悠長的反射，流布在層層騷動的白波頂上。這些窺見遙遠又親切的所在，有著咄咄逼人的悲慘容貌。伊彷彿見著那些前前後後遭到海難的親朋好友，幾許渾沌加狂亂一直延伸到空漠的水平線那未可知的陰間世界，靠在冰冷欄杆的背脊不禁顫抖起來。伊低著頭、捧著胃，像一名八旬老婦人搖搖晃晃又入艙內。

面對媽祖尊像，心頭定著許多，想來林默娘和伊亦有淡薄同款命運，但伊秋素卻沒默娘的勇氣，能毅然決然衝入南海大風浪之中，感受父親遭滅頂的情境，於是結束了廿七歲金色年華，彼年據說是雍熙丁亥年。由於死後常顯靈拯救遭海難的人，以致被奉爲海神，尤其漁船出海遇颱風，凡求媽祖者，便可以在船帆上看到閃鑠火光，那即是天后媽祖的顯靈。只是伊亦有力不從心時陣吧？否則海難事件不時發生？

上岸後第一要義即去媽宮碼頭邊的天后宮祭拜一番，感覺伊和媽祖是如此的接近。

再度踏入這塊日夜思念的外垵鄉土，已是十幾年的光陰。彼年和子山、娘作伙返來爲著小叔娶某的歡喜事。如今孤單一人，身體亦不如前，步履顯得有千斤重。聞到故鄉特有腥味，踏著父母小弟曾走跳過的土地，呼吸著先祖生於斯的海天草地，以及和鄉親話家常的點點滴滴，伊的淚水就未曾停止過。

爲著最親愛的人有一個上好落宿，秋素走踏各個清幽所在，終於看上這塊內垵和外垵交界視野寬廣地點。這片荒涼曠野不時被猛烈海風吹襲，使得一地的植物低、矮、肥、平伏在高低不平的泥地上，尤其三五步即有那特異的針刺葉叢出現，刺得工作人員腳手血斑點點。

「這个工事眞歹賺食。」工人手持鋤頭揮著汗發出怨言。

「拜託幫忙，我看眞久才揣著這塊風水。」

「汝欲共三代六、七个『金』①撿作堆，有妥當無？」

「我人佇臺灣，袂當時常來陪伴。共老大人和囝兒撿作伙，予逐家閣享受天倫之樂，總比孤孤單單，東一个西一个較妥當。」秋素遙望北面茫茫大海彼邊，似乎在對另一個世界訴說伊的心願。

伊準備「尼德蘭許姓歷代祖考妣眞主之墓」坐北（海）朝南（路），讓許姓先祖，隨時知悉家鄉狀況。

而在這四面環海，無高山的平坦丘陵，又是內外垵交接點，正前方就是西臺古堡，秋素不時會遇見在海上討生活的行人。在這不毛之地，相隔很遠時便已見到這些人出現在平坦微突的水平線上。作爲討海人始終有著窺探遠處，守望海面的習性。當他們經過此就會和梳著包頭身著七分褲及對襟仔衫的「臺灣澎湖人」高聲打招呼，秋素亦會舉起手示意。這遍有一個手持水壺由遠而近的人影，很明顯是專程爲伊而來的，那是被太陽曬黑了，在斗笠底下，一張憨厚而堅定的臉孔，三分之一世紀前曾暗戀著伊的尤恩仔！

①金：屍骨。

「秋素！透中晝，日頭赤燄燄，歇喘一下矣！」

「無要緊！規日佇遮感覺和俺爹、俺娘、小弟誠親近，難得這世人有這款閑功，專心陪伴我的親人。」

「莫閣流目屎了，汝看汝的目睭腫到這呢厲害。」

「這遍會當眞順利，多謝汝的發落。」

「這本來就是我應該做的，汝的親人嘛是我的親人。」

「……」秋素心知肚明，伊怕對方明講出來，伊順勢將風吹落的銀紙金重新擺好。

「這是汝每遍拜託人提予我的錢。」尤恩從口袋掏出以日曆紙包好的新臺幣，並挪步隨秋素身後又說：「翻墓嘛愛用大堆錢，就相添用了！」

「……」秋素睜大眼睛返頭將錢大力推回去。

「阿素！莫共我看作外人，每遍到外垵彼間厝燒香拜拜，我攏以囝婿心情咧祭拜的。」

「汝是欲講予我負擔的，汝應該好好娶一个……」秋素跑到面向海的所在，開始又啜泣起來。

「我合意的，人無合意我；我無合意的，人卻合意我。欲揣像汝這款樣的，難呀！」

「世間那有這款憨人?!我袂當予汝啥物，年歲攏遮濟，愛會曉家己打算。」話語像斷了線的游絲，加上大海風吹，不知尤恩聽著無?

「阿義嘛做大人了吧！新婦好無？」尤恩倒了茶水，遞給正在啜泣的秋素，然後頭低低，輕聲無奈問著。

「……」秋素心肝頂像被刀猛刺了一把，伊求饒的望了望對方。

「子山是聰明的人，我無相信伊看袂出來阿義是啥人的囝?」

這時，秋素整個人癱瘓落來，說不上是膽病發作或是胃在痛，瞬間天旋地轉。伊緊閉雙眼，眉頭深結，耳朵嗡嗡叫。只感覺周圍的人像熱鍋上的螞蟻，似乎亦聽到尤恩的話：「阿素！我只是講講而已，我袂按怎，汝放心……」

秋素在荒天野地的這岸天旋地轉同時，彼岸大伯李子天家內正爲著李連二被當局點油做記號而強強滾。事情是這樣，日據時代李連二剛從日本留學返來，雖未選上「地方自治聯盟」主席，卻也是該聯盟精英之一。事實上，這個組織在當時並未發生多少作用，因爲當時是日本爲反制美國「解放臺灣」的宣傳效果，才宣布臺灣人可以參與日本國會，但這個讓步爲時已晚，過不了多久日本就無條件投降了。

然而這些榜上有名之份子，卻爲祖國政府一些不良官員提供一份隨時視情況可以勒索的對象。百萬富翁李子天過世，兄弟爭財產告到官廳，報紙以大幅篇章報導著。好死不死，李子天第二囝連二又是當時「地方自治聯盟」榜上有名，這下理所當然成爲國民政府虎視眈眈的一隻肥羊。

這日，頭後梳著光亮包頭的高招治，提著一包伴手②，踏入新田路這間平常時就看不起也少走踏到的小叔家。這時蓮子正在院子裡教姪子們講國語，看誰不小心講臺語就要打一下手心，伊剛上高中二年級在學校被教導以講一口流利國語爲榮。見到阿姆來，忙不迭的入內通報，亦不管阿母聽懂否，即以字正腔圓的國語說：

「媽媽！伯母提著一包東西到我們家耶！」

然後返頭很有禮貌的請高招治入內，一副好學生的樣子。

剛從澎湖辦妥事返來沒有幾日的秋素，此刻躺在六疊榻榻米歇睏。

②伴手：拜訪時，順手帶去的禮物。

「秋素！汝人無爽快？」高招治見小孀面色蒼黃，關心問著。

「阿嫂！眞罕走，來！起來坐啦！」秋素掀開毯仔，對招治突然來訪感到驚訝！

「客氣話免講啦！是按呢啦，連二出一點問題，我想欲叫汝和子山幫忙一下。」高招治很心焦，開門見山就講，反正是自己人。

「連二出啥物差錯？」

「唉！講來話長，前幾日予特務掠去問，聽講嘛有人被審問了後就無返來。」說話的人講到此，目眶禁不住紅了起來。

「免煩惱，伊人有返來就好。」遇此事，爲防備，很謹愼地把音量縮小。

「做辯護士愛圓滑，毋通騎馬無擒耳③。毋知伊接案件閣得罪啥人，不時有人來盤問，甚至租予一個警察的姨仔的阮彼間文化路宿舍，已經半年收無租金了，最近連二掠去問竟然提起這間厝，講啥物阮是接收日本人的物件，講起來是公家的，本來就是愛共家用，這種三色話喫四面風④的話也講得出來，唉！無天無地！」高招治似乎沒看到對方一張因強忍病痛而扭曲的臉，逕自越講越憤世嫉俗，接著左顧右盼後，低頭挨近秋素耳根說：「我的感覺是，予日本人管比予中

③騎馬無擒耳：不小心狀。

④三色話喫四面風：說便宜話。

國人管較好過。」

「做—人—註—定—愛—拖—磨—」秋素親像游絲般吐出這一生走來的感觸。

「我這遍來，是按呢啦！文化路彼間宿舍，我希望汝去幫我講幾句話，這間厝本來就是汝和子山，儉腸虐肚向組合買的，共伊講因爲娶媳婦需要用到，想欲討返來家己蹛……」

高招治話尚未講完，秋素披頭散髮中了邪一般，兩片嘴唇各歪一邊，目睭吊高無神，滿身顫動，彷彿換了一個人，口中不知在唸啥物，嚇得高招治語音發抖喚來外頭的人。適巧子山放工返來，並帶一個會捉邪的換帖朋友。原來秋素自澎湖返來，這種狀況已經發生兩遍了。

這之後，再隔一段時日，秋素不是因病痛纏綿病榻，就是遊魂離魄的變換一個人胡言亂語。

有人講，整墓時辰不對！

有人講，冤魂纏身！

有人講，八字輕，犯沖了！

有人講，……

然而這一日伊出奇平靜，陰霾已久的心情，突露一道曙光，甚至還哼起歌來，雖一反常態，但整個人給人的感覺，是要讓緊繃的家人可以大大鬆一口氣。

「攏總去看電影，莫拒絕大官的好意。」秋素鼓勵不大願意應邀的阿禮。

「隔壁港務局局長為啥物欲請看電影？」阿禮對已化妝好的標緻太太提出疑問。

「人概答謝我去替伊注射吧！」

「叫阿子和汝去，我無想欲去。」

「好啊！看電影我上歡喜！」蓮子興沖沖應答，亦見母親笑咪咪點頭。

就這樣，蓮子、嘉雪、程局長等三人乘著局長風光的座車，晚風徐徐到鹽埕區金城戲院看「翠堤春曉」。

正沈浸於艷麗男女主角在濃情蜜意對唱之中，銀幕右邊突閃出一排字：

「蓮子等人，家有急事，速回至市立醫院。」

高雄市立醫院正門前，晚間噴水池已然疲軟，池面蚊蚋悠游自在；而圍聚在旁的人群，正惋悼悲情議論紛紛，顯示醫院裡有重大事件發生。

烏鴉哀鳴飛來，蓮子連鞭跳落三輪車，顫抖唇間一字一句問著：「是不是—我—媽—怎麼了?!」

一位護士，伊三嫂同事，無言的含著淚緊緊摟住她。

「發現傷慢，救抉起來，上吊時間大概暗時七點半……」另一位同事向嘉雪說。

蓮子即刻再跳上三輪車，路面碎石如刀鋒，荒野樹叢已被黑暗吞沒，似有千條萬條鬼魂在枝椏間擺盪。

眾星沈默，眼前的碎石路被月光照得像一匹無限延伸的白絹，絹上直豎刀林，一步履一血印。垂愍的晚風，如燎爆的火炷，吹刺得遍體鱗傷。

黑暗的人間條件，新田路廿二號響起刀鋸鼎鑊悲啼，蓮子撲向冷冰母體：「阿母！妳怎麼可以這樣離開我……」

祥嫂慣常的呻吟哭叫，此刻被噩耗震懾得無從哀嚎！

某些親友將平時秋素援助或供給的金錢置放靈前！

猝不及防的家變，已給眾人哀痛適恆，蓮子的異常舉動，更叫人不知所措！

入殮時刻，蓮子捉狂與司公打鬥；打桶⑤期間，認三瓣梅花型棺木爲慈母軀體擁撫不放；出山之時，還因阿爸答應建一間厝讓伊守在阿母墳旁，才作罷驚天動地的拉扯事件……

一個人在悲傷時不動，在不幸時不言，需要極大忍耐。可是還有一件事需要更大耐力，那就是在襲擊之下繼續工作，心靈苦痛仍不停止狂奔。子山正是如此負著重傷，仍然勉力父兼母職，安撫么女的異乎尋常。

一定有甘美處所，讓正在浴火的蒼生靠岸，讓眾苦匯聚的道場中得以歇息。祥嫂自經年的呻吟轉入家變半年後的陰霾，突然心血來潮拾起幾乎遺忘的南管曲目，重唱近半世紀前剛學會而每唱必目屎流目屎滴的李三娘「咬臍打獵」。只是現今唱不到一輪回，卻淚乾氣盡。此刻外垵古井頂的月娘當圓吧！一井水一世人，伊負軛的弓曲肢體，終於卸下沈重之軛，慢慢軟化成一具能平躺的安祥軀體。

不到一年，又臨「忌中」，兩個子山生命中最重要的女子相繼離去。司公淨鈴又噹噹響起，訴說永恆的空無。伊捧持孝子竹幡，默默滴淚。

「汝是畜生？難道連一滴目屎攏無？汝也是俺娘辛苦懷胎十个月出世的

⑤打桶：停柩，治喪期間。

呀！」子山痛斥伊十萬火急自澎湖召來的娘的親生骨肉——伊的同母異父小弟子松。沒意料子松入內竟然還能談笑風生，無視於安置廳前伊至親娘的棺木。

「娘疼的甘單汝一人，我算啥?!」子松頭驢驢，口中喃喃嘀咕。

「啪！」一聲，子山揮拳過去。良久子松才驚醒的，撫著痛辣臉頰，返頭至娘靈前嚎啕起來。

疼與痛僅一線之隔？兩個已爲人公的漢子，此刻相擁大哭。人生在世好比草木一春、花蕊一時。

人來自何方，情歸何處。天地這樣大，這條路卻如此歹走。打拚一世人，子山深感迷茫。新田路頭，伊三步一跪拜，辭謝爲娘拈香的親朋好友。喜也放下，悲也放下，日子總要過完吧！

6-4 回到童夢的故地

一九七八年夏天

「捕魚生計足，不解植桑麻。」這是清朝巡臺御史來澎湖時，給澎湖下的定語。事實上，討海要看天時，種植卻可以隨季節變更而多樣化。種瓜種豆，澆水施肥，還是到處可見。「汝看！彼對佇田中種植的母囝。」子山指著一片由上而下井然有序的蜂巢式瓜田，對隨伊返來的一群兒女講。然後逕自朝向彼對母子匆匆走去。

跨著條條溝渠，彷彿搭乘時光隧道，脈搏不由自主的加速跳躍。伊憶起什麼似的，手伸進褲袋，掏出一張紅色五元鈔，慎重蹲落來要給正在幫母親澆菜瓜的孩童說：

「囡仔兄！來！阿伯予汝錢，汝好好買魚返去和阿母享用……」講到此，子山竟然哽咽起來。

「阿母！趕緊來啦！」孩童對突如其來的舉動，顯得不知所措，大聲喚著。

「山伯仔！汝返來澎湖看看？」以花格包袱巾裹住的頭髮再加一頂碩大斗笠少婦，手持刀靶，恭敬的哈著腰打招呼，急急走來。

「汝知影我？」

「我是文門的新婦啦，汝返來全村攏嘛知！」

「汝是文門的新婦?!文門是我撿螺仔上好的朋友，每遍我攏撿輸伊……」

子山又跌進回憶中，自三日前踏入這塊土地後便不時出現驚喜，使他完全像換一個人似的精神抖擻。

「聽阮阿爹講，毋知山伯仔輪到佗一日來阮厝用飯。」

「一半日我會去，這遍順溫王廟整修的勢，我嘛位輕銀會社退休了，就順便参後生查母囝來祖厝看看。」

「這種澎湖菜瓜和臺灣菜瓜有無仝，大家看！它有十行溝跡矣！」出生在臺灣的這一代澎湖人，對祖先曾居住過的所在事物有太多好奇。阿智自竹籃提起一條菜瓜撫弄著。

「所以就有人講澎湖菜瓜好比查母人，叫作「『十唸婆』①」。

「有意思！」蓮子撫摸臥伸於泥地的瓜果嘖嘖稱奇。

與這一夥自臺灣返來的貴賓話家常，文門媳婦滿心欣羨：「我不時聽庄內人講山伯仔是有名的孝子，所以生出來一手囝攏嘛是眞友孝。」

「啥物叫著友孝，難界定！」子山深嘆口氣欲言又止。那故鄉的海、井田交錯的山坡以及飄盪於曠野的黃菊依舊。只是物是人非，已非言語所能傳述的了。走入家鄉，觸目盡是彼段與娘親相依爲命的艱苦歲月，還有和秋素……

「阿爸！歇睏一下？」見父親又在咬緊牙根黯然神傷，蓮子忙趨前問著。自阿母過身，阿爸全力扶持伊站起來，而今眞正需要照顧的是鬱鬱寡歡無半點笑容的爹親。

「阿子！汝現在已經嫁矣，啥物攏愛以尪婆爲主，後家厝盡量莫插手，查母囝嫁出去就是別人的了……」子山憂心忡忡向李家唯一的女兒勸誨。

「我無贊成阿爸的話，查母囝嘛是囝呀！」

「這汝有所不知……」

①十唸婆：多嘴婆。

「你是驚我和阿母相像，傷關心後家，無好尾？天腳下那有這款歪理。」為不讓父親操心自己的終身大事，相親不到一個月就決定結婚的蓮子，無論何事，尤其失母後，更珍惜這僅存的孺慕之情。然而每當提及這南轅北轍相異論點時，伊就會頂撞老人家。

「難道阿爸無歡喜我時常返去看汝！」蓮子最後總是如此慣有的撒嬌來化解彼此的衝突，伊一生最大願望是使落落寡歡的父親快樂起來。

「唉！汝若是查甫囝就好了。」傳統根深柢固的觀念與心底眞正聲音，有了交纏矛盾的情結。

自小病態似的恐慌阿爸阿母會死去，及長知道花開花落的宇宙自然循環，任何事均強求不得。然而凝望搖撼的樹林，還是難忍狂飆的風雨。樹欲靜而風不息，子欲養而親不待。蓮子滿心感觸，尤其站在這個澎湖六十四個列島之一的外垵島嶼，父母生長的地方。那海鷗輕飛的平野；那靈秀樸實的水村山莊；那漲潮時浪花濺上的牆頭；那落潮時銀白綿長的沙灘；那失去地平線一望無際的曠野；那紅樑雕柱，飛簷畫龍的溫王廟宇……有著先祖的步步腳印，父親的思維日日在這裡流連。

這次，爲人子的這夥人，想盡一點孝心，即陪著退休父親回故鄉，其中也參雜對先母的懷念，沒想到故鄉原來是這樣美的地方。

「袂歹嗎！汝閣講遮落後。」蓮子調侃本不想來的二兄。

「十幾年前和阿母來，愛坐一暝的船，無燈無水，閣有一大堆胡蠅，現在雖然有淡薄仔改善有跨海大橋，公車一點鐘就到，但是衛生猶原差。」阿義對風景無興趣，伊重視實質價值。

「是有人咧種植，但是閣有一大片空地沒用著，若佇臺灣，那有可能予伊放空。」銀行工作的阿禮，鑾有經濟頭腦，望著空曠大地，直嘆可惜。

「咱明日去釣魚如何？」阿智跳蹼蹼見到海蠢蠢欲動。

再往西北走，「慈航寺」赫然在斜坡頂。沿途風勁草深，黃土小徑，蚱蜢飛舞。蓮子牽著爹親爬坡走在前面，見父親踏實飛揚，蓮子心花亦朵朵開來。自阿媽和阿母離開世間，阿爸的快樂就隨著封閉，而今腳踏外垵實地，心貼近鄉親，於是才有了笑容。雖然長時間均籠罩於哀思，但至少不像在臺灣彼款浮萍無根的漂泊感。也許早年最艱困的負擔同時也是一種生活最爲充實的象徵吧！

「這塊是汝外公的那拔園，如今已經是雜草叢生。人！千算萬算不值天一劃。但是人生在世冥冥之中閣親像有定數。」子山停止腳步，駐足荒蕪的一片草地，自言自語感嘆。是的，蓮子的外公許旺當年幫助黎一仁，爾後子山又被一仁叔救起，這不是一報還一報的世間嗎？

另一角勢，阿義、阿禮、阿智圍攏於水池旁，也就是美軍炸彈炸出的大洞。正熱烈討論與己身有關話題。絕沒料到此處正是當年黑霧籠罩著每一個驚惶抽泣鄉親魂斷的所在，包括他們的外公許旺先生。由於歷史事件的不復回歸，戰爭的年代，恐嚇的年代，只不過變成文字、理論和研討而已。地球上生物照常又爲切身生活一代接一代，異於炮火戰爭的家事戰爭，繼續綿延下去。

「咱兄弟愛有共識，操勞一生的老大人嘛該休息。小妹已經嫁出，阿爸意思想欲財產發落一下，伊就無牽無掛了。」阿禮有條不紊和兄弟商討。

「阿仁講伊急需用錢，希望現金予伊。」論及此事，阿義很謹慎參與。

「所以我叫銀行先估三間房屋價值，然後除四，咱三兄弟折合現金予伊。」現時老爸與阿禮同住，大部份事情均由伶俐的阿禮打派。

「干單咱四兄弟分，蓮子有無？」阿義關心問著。

「阿爸講查母囝嫁出是別人的，毋免了。」阿禮答。

「真的?!」阿義鬆一口氣，但不相信的抬頭遙眺和老爸相依的蓮子。難道老大人不會給伊最疼的么女財產嗎?沈思了一會兒，隨即又提出擱在心上的問號：「阿爸毋是閣有退休金?」

「我將伊存囥佇銀行生利息，老爸此後總是需要生活費。」阿禮面露不悅，顯示對阿義不耐煩。沒有炸彈卻有火藥氣味。

「歡迎阿爸來和我蹛。」阿智向阿禮提出建議，緩和此許氣氛。

「無關係，阿爸和我蹛較習慣，嘛予我有機會做囝兒該作的代誌。」阿禮誠心誠意道出。這位子山換帖兄弟心目中的優秀分子，站久腳酸索性蹲落坐在水池旁草叢，吁了口氣憂心忡忡地說：「阿爸自退休後不時吵講欲搬來澎湖蹛，這那會使?啥人欲照顧?」

「……」阿義對這問題倒不置可否，伊心想的是老爸給目識巧的阿禮統籌發落這檔事，會公平合理嗎?銀行估價是如何估法?會不會阿禮自己住的彼間估得低，阿禮即不必出太多的現金?

生命好像每一個階段都有主題讓每個人各說各話，說到疲倦，大家都相繼地沈睡著，世間彷彿寂靜無聲了；可是一下子另一個主題又出現，於是大家又開始各說各話。難道生存就是這般無奈和漫長嗎?但是從太平間到產房，畢竟也只有短短的距離。爲何幾步路的人生，卻要走那麼久，那麼坎坷?

綴著椿庭的彩帶已掛好，蠟燭已點燃，聖體盒也已飾滿天人菊。可是還差一朵可以作爲孝子的冠冕，卻在阿禮承擔不住而來不及鑲上，即匆匆卸落，卸得叫人嘔心泣血。事情是這樣，那是自澎湖渡完假返回臺灣幾年後一個慘澹子夜，子山惛眊的神志，抓狂的對曾居住十幾年的家門猛按電鈴：

「阿禮!阿雪!開門一下，予我入內。」

「ちがいます!かれらはもらひごししました!」阿雪以假聲日語自對講機傳出「你按錯電鈴，他們都已搬走。」的信息，好讓對方死心，否則好不容易設計卸下的重擔，豈不功虧一簣。而這時爲照顧神志不清父親日漸消瘦的阿禮躺在病床上，百感交加力不從心。

「奇怪了，厝租予日本人，阿禮那會無參我講?」子山雙手緊拎包袱，茫然地流落街頭，不得其門而入。眞與假臨界，愈加混沌難明。

「李老先生!咱返去睏吧!」被李氏兄弟們延請來照顧隨時會走失的父親，楊樣打著呵欠牽起子山的手就要走。

「返去？返去叨位？這就是我的厝啊！」子山掙脫掣肘，理直氣壯地反駁，完全遺忘適才與對講機講過的話。

「這是汝第三後生的厝，汝現時蹛佇第二後生所在。」

這時暗夜彼頭飛奔來一個影子，彷彿南山烈烈，飄風弗弗，直呼喚著阿爸。子山此刻才清醒似的伸出雙手迎接：「蓮子！汝去叨位，阿爸揣汝攏揣無！」

「已經半暝二點矣，閣佇街仔路咧行，人無睏那會使！」蓮子擁住雙手冰冷的爹親，像小時候阿爸讓她依靠一般。給父親加上外套後，淚水像決了堤的河流。

「已經行三點外鐘矣，無停過。雖然汝三兄叫我千萬毋通導伊來遮，但是無辦法，伊目睭一睇開，就是吵欲返來。」楊樣身心疲憊向蓮子訴苦。

「當然了，蹛慣勢的所在啥人攏會數念，特別是念舊的老大人。」蓮子掩不住嗚咽喘息。

「這呢大漢了，擱這呢愛哭！」子山一副壯年時期呵護子女樣態，此刻情緒穩定多了。憂悒隨著跫音灑遍整個寂聊街巷，亦步亦趨向子女爲伊安排第二輪的住所。快到阿義家門口，突然又憶起一樁重大任務，神情即刻陷入慌張：「緊！緊返去，逐家攏出來，阿媽佇厝無人照顧欲按怎？」此動作經常在身心疲憊難當時更顯著，不然就是「時間到了，我欲上班了，汝阿母去叨位？」

萬物易衰頹，唯獨上天能長青，但誰能體會蒼生邁老的悲情？蓮子抱住瘦骨嶙峋的父親，無助的仰天長嘆。「一日到暗，就整理伊隨時發作亂擲物件的代誌，就有夠悿死人。」一板一眼愛乾淨的阿義眉頭深鎖，努力彎腰自浴缸內撈起一件一件衣衫，大聲嚷嚷。

「二兄！汝那會講按呢？老大人就是因爲有病，今仔日才會有這款場面。有一日你亦會老，汝毋驚汝的囝有樣看樣？」蓮子本要反駁的言語，溜到唇際竟成：「阿爸毋是故意的，請汝體諒。」她不希望爲事親己陷入低潮的家務事又雪上加霜。李氏此刻急需的是兄弟同心協助生我育我，拊我畜我，顧我腹我……的至親，度過生命最後的一頁。

「當時分財產就無公平，現在老廢仔無路用矣，就搩來我的所在。」

「請汝細聲一點矣，予阿爸聽著誠殘忍！」蓮子隱忍淚水，有意無意蒙住好不容易躺在床上阿爸的耳洞，冷靜輕聲拜託這間厝的主人。

「伊頭殼攏歹去，聽無了啦！」

遠方犬吠咆哮和面前兄哥抱怨的聲響交鳴，令蓮子心冷，彷彿置身無涯雪地，觀看一滴滴鮮血流過。

說實在，父親住在三兄處，叫人比較放心，至少為人子知悉老人家的習性，蓮子下定決心要再向三兄求助。

「予阿爸閣來汝的所在踚好無？」蓮子請求。

「兄弟毋是干單我一人，予大家分攤一下，知寡滋味，無則干單會講風涼話爾爾。」阿禮在電話彼端回答。

「日時有請人陪，暗時孫仔輪流看顧，現時重要的是毋通予老大人有奔波的感覺，來增加病情的惡化，伊每日一睇開目睭就是欲『返去』，聽得使人心酸。」

「伊一返來，就踚定了，這毋是閣回到無改善晉前的原點？汝無看我已經瘦到無成人形啊？」喀的一聲電話就切斷了。

父母為子女包尿布時，心甘情願，因為那是一項天職；待子女為父母包尿布時，儼然變成一項瘟疫。原來生存就是如此殘酷悲哀。

正當兄弟之間爲孝親鬧得天旋地轉，這時「韋恩」颱風也正不偏不倚撲掃澎湖心臟，一夜之間，孺慕情愫每年必定返去探望一遍的故鄉，還等不及天明，就全然破碎癱瘓。而子山奄奄一息身軀那堪狂虐風雨，廝殺在血肉相連的島嶼上，於是嚥下生命最後一口氣，留下蒼茫星散的海域。

子山死亡診斷書病由，其中有一項爲抽煙過量引起的「肺氣腫」。蓮子心情跌入深谷，難道平時勤於孝敬寡歡的父親，自己省吃儉用不斷供應不易購得的美國製「三五」香煙，也是禍因？在怪罪兄哥之餘，自己是否更是罪魁禍首？

結尾

一九九六夏天

「台澎輪」，已然靠向媽宮碼頭，世紀末的海風依舊追逐故鄉的黃昏，蓮子踏上這塊土地，回想在生命成長的脈緣中，吸納父祖恆星般的陽剛與母祖井月般的柔芒，歲月歷積的能量，終於滋漫生發出滿遍天人菊的曠野。

鏤刻父親李子山姓氏溫王廟前的海濤緊咬岸邊，水花飛激而上；西台古堡前邊彼塊坐北朝南方形突起鐫記「尼德蘭許姓歷代祖考妣貞主之墓」的石碑，依然迎風屹立於臺灣海峽的孤崖之上。過去先祖累積的打拚像海市蜃樓般招喚，海鳥彷彿先祖的魂魄盤桓洋面。縱令上蒼不斷把悲哀的現實傳給世間；縱令籠罩憂愁的幾千萬眸子裡，盛開著的天人菊會枯萎，但是，人還是虔誠地航向歷史的汪洋，從波濤起伏間綿延一代一代的記憶。

記憶的船依泊澎湖外垵灣岸，暮水星微，井月照映童夢的故地。

附錄

移民作家李秀 致力推廣台灣

~~《世界日報》記者葛健生二〇一二・九・廿四加拿大多倫多報導~~

李秀二〇〇二年以作家身分自台灣移民加拿大，廿三日她在參加多倫多於Queen's Park所舉行的簽名書展時，拿著手中的英譯本著作《井月澎湖》（Penghu Moon in the Well）說：「就是這本書讓我移民溫哥華。」

祖籍台灣澎湖的李秀，一九九六年出版百分之九十有關自己眞實故事的《井月澎湖》，敘說著澎湖李、許兩大家族、四個世代，被日本統治的苦難、國民黨政府遷台及台灣人浪跡中國的點滴，她認爲《井月澎湖》反映了眞實歷史。該書曾獲高雄市文藝獎、吳濁流文學獎。李秀指出就是這「一書兩獎」，讓她興起以作家名義、採自雇移民申請移民加國。

自二〇〇二年移民溫哥華後，李秀至今已著有台英雙語童詩《一欉小花蕊》、台英雙語散文《一个走揣蝴蝶路草的女子》、英譯台灣詩人作品《人間最後的花園》、英譯《井月澎湖》及中文創作移民加國心境《一個女子的遠方之門》等著作。如今她專心台文、英文著作，用英文書寫，希望更多族群了解故鄉台灣；用母語「台語」創作，今後她可大大方方向外國朋友說：“I am writing in Taiwanese.” 明明是台灣人，如果講“I am writing in Chinese.” 連自己都感覺不自在。

李秀說，當年移民官本來對她的作家身分有所保留，質疑她如何在加國維生，除提出足夠明證外，李附上時任加拿大六福食品集團負責人李安邦的推薦信，說明他也是李秀的讀者群之一，李秀回憶，該封信起了「臨門一腳」的作用。

移民十幾年來，李秀不斷進修英文並致力筆耕，更以作者之姿，走訪溫哥華地區各圖書館，親自向館方人員說明自己作品值得典藏理由，令館方人員信服而收購藏展，李秀表示，她藉此推廣台灣的意義，多於推廣自己。

李秀表示，自移民加國後更努力打拼文藝創作，不僅寫台灣史，日後還要寫加國史。李秀廿三日中午在兒子蘇恩聖陪同下，出現在省府前簽名書展上，其中不乏西人要她簽名索取英譯的《井月澎湖》。

李秀簽書會旁也立起大型台灣風景看板、桌上播放的音樂，以及自己的穿著都代表台灣，在簽書同時，更不忘向索書民眾推銷台灣、澎湖、外垵，連在旁兒子都忍不住問，「這樣看起來會不會很像觀光局？」

李秀簽書：《井月澎湖》讓我移民

～～2012.10.5加拿大溫哥華周報轉刊～～

李秀二〇〇二年以作家身分移民加拿大，在多倫多Queen's Park的簽名書展，手持著作《井月澎湖》英譯本 Penghu Moon in the Well 說：「就是這本書讓我移民溫哥華。」

一九九六年李秀還在台灣，祖籍澎湖的她，出版百分之九十都是有關自己眞實故事的此書，述說澎湖李、許兩大家族、四個世代被日本統治的苦難，國民黨政府播遷至台，及台灣人浪跡中國的點滴，她認爲這本書反映眞實的日治歷史。該書也是她懷念父母以及紀念臺澎被日本殖民的苦難之作。她說，母親許秋蘭身上則流著十六世紀早期荷蘭人治理台灣時，所留下的荷蘭血統。《井月澎湖》獲高雄市文藝獎、吳濁流文學獎，李秀指出，就是這「一書兩獎」，讓她動念以作家名義、採自雇移民方式申請移民加國。

李秀至今已有台英雙語童詩《一欉小花蕊》、台英雙語散文《一个走揣蝴蝶路草的女子》、英譯台灣詩人作品《人間最後的花園》、英譯《井月澎湖》，以及中文創作移民加國心境的《一個女子的遠方之門》等著作。她的中英雙語童詩，目前正在本報連載。李秀表示，自移民加國後，更努力打拚文藝創作，不僅寫台灣歷史，日後還要寫加國歷史。

李秀已出版的作品

散文(1978)

短篇小說(1984)

散文(1987)

短篇小說(1990)

孔子理念現代說(1991)

童詩(黃友棣作曲 1991)

長篇小說(1996)

散文(2005)

翻譯詩集(2007)

台英雙語童詩(2011)

英文版小說(2012)

台英雙語散文(2012)

國家圖書館出版品預行編目資料

井月澎湖 / 李秀著. -- 二版. -- 臺中市 : 晨星,
2013.01

面； 公分. -- (晨星文學館 ; 47)

ISBN 978-986-177-683-5(平裝)

857.7 101028079

晨星文學館 47

井月澎湖

作者 李 秀
主編 徐惠雅
美術編輯 王志峯
內頁排版 曾麗香

創辦人 陳銘民
發行所 晨星出版有限公司
台中市407工業區30路1號1樓
TEL:(04)23595820 FAX:(04)23550581
行政院新聞局局版台業字第2500號
法律顧問 陳思成律師
初版 西元1996年9月10日
二版 西元2013年1月30日
西元2021年5月20日（二刷）

總經銷 知己圖書股份有限公司
台北市106辛亥路一段30號9樓
TEL：（02）23672044／23672047 FAX：（02）23635741
台中市407工業區30路1號1樓
TEL：（04）23595819 FAX：（04）23595493
E-mail：service@morningstar.com.tw
網路書店 http://www.morningstar.com.tw
郵政劃撥 15060393（知己圖書股份有限公司）
讀者服務專線 02-23672044
印刷 上好印刷股份有限公司

定價 300 元
ISBN 978-986-177-683-5

Published by Morning Star Publishing Inc.
Printed in Taiwan

◆讀者回函卡◆

以下資料或許太過繁瑣，但卻是我們瞭解您的唯一途徑，

誠摯期待能與您在下一本書中相逢，讓我們一起從閱讀中尋找樂趣吧！

姓名：＿＿＿＿＿＿＿＿ 性別：□ 男 □ 女 生日： / /

教育程度：＿＿＿＿＿＿

職業：□ 學生 □ 教師 □ 內勤職員 □ 家庭主婦

□ 企業主管 □ 服務業 □ 製造業 □ 醫藥護理

□ 軍警 □ 資訊業 □ 銷售業務 □ 其他＿＿＿＿＿＿

E-mail：＿＿＿＿＿＿＿＿＿＿＿＿ 聯絡電話：＿＿＿＿＿＿＿＿＿＿

聯絡地址：□□□＿＿＿＿＿＿＿＿＿＿＿＿＿＿＿＿＿＿＿＿

購買書名：井月澎湖

・誘使您購買此書的原因？

□ 於 ＿＿＿＿＿ 書店尋找新知時 □ 看 ＿＿＿＿＿ 報時瞄到 □ 受海報或文案吸引

□ 翻閱 ＿＿＿＿＿＿ 雜誌時 □ 親朋好友拍胸脯保證 □ ＿＿＿＿ 電台DJ熱情推薦

□電子報的新書資訊看起來很有趣 □對晨星自然FB的分享有興趣 □瀏覽晨星網站時看到的

□ 其他編輯萬萬想不到的過程：＿＿＿＿＿＿＿＿＿＿＿＿＿＿＿＿＿＿＿

・本書中最吸引您的是哪一篇文章或哪一段話呢?＿＿＿＿＿＿＿＿＿＿＿＿＿＿

・請您為本書評分，請填代號：1. 很滿意 2. ok啦！ 3. 尚可 4. 需改進。

□ 封面設計＿＿＿＿ □尺寸規格＿＿＿＿ □版面編排＿＿＿＿ □字體大小＿＿＿＿

□ 內容＿＿＿＿＿ □文／譯筆＿＿＿＿ □其他建議＿＿＿＿

・下列書系出版品中，哪個題材最能引起您的興趣呢?

台灣自然圖鑑：□植物 □哺乳類 □魚類 □鳥類 □蝴蝶 □昆蟲 □爬蟲類 □其他＿＿＿＿

飼養&觀察：□植物 □哺乳類 □魚類 □鳥類 □蝴蝶 □昆蟲 □爬蟲類 □其他＿＿＿＿

台灣地圖：□自然 □昆蟲 □兩棲動物 □地形 □人文 □其他＿＿＿＿＿＿＿＿＿＿

自然公園：□自然文學 □環境關懷 □環境議題 □自然觀點 □人物傳記 □其他＿＿＿＿＿

生態館：□植物生態 □動物生態 □生態攝影 □地形景觀 □其他＿＿＿＿＿＿＿＿＿＿

台灣原住民文學：□史地 □傳記 □宗教祭典 □文化 □傳說 □音樂 □其他＿＿＿＿＿＿

自然生活家：□自然風DIY手作 □登山 □園藝 □觀星 □其他＿＿＿＿＿＿＿＿＿＿

・除上述系列外，您還希望編輯們規畫哪些和自然人文題材有關的書籍呢?＿＿＿＿＿＿

・您最常到哪個通路購買書籍呢? □博客來 □誠品書店 □金石堂 □其他＿＿＿＿＿＿

很高興您選擇了晨星出版社，陪伴您一同享受閱讀及學習的樂趣。只要您將此回函郵寄回本社，或傳眞至（04）2355-0581，我們將不定期提供最新的出版及優惠訊息給您，謝謝！若行有餘力，也請不吝賜教，好讓我們可以出版更多更好的書！

・其他意見：＿＿＿＿＿＿＿＿＿＿＿＿＿＿＿＿＿＿＿＿＿＿＿＿＿＿＿＿

晨星出版有限公司 編輯群，感謝您！

請填妥後對折裝訂，貼妥郵票後寄出即可

郵票

請黏貼8 元郵票

407
台中市工業區30路1號
晨星出版有限公司

請沿虛線摺下裝訂，謝謝！

晨星自然回函有禮，好書寄就送！

只要詳填《井月澎湖》回函卡寄回晨星，並附寄50元回郵（寄書郵資），自然公園得獎好書《在鯨的國度悠遊》馬上送。

定價：200元

晨星自然

天文、動物、植物、登山、生態攝影、自然風DIY……各種最新最夯的自然大小事，盡在「晨星自然」臉書，歡迎您加入！

晨星自然FB

晨星出版有限公司 編輯群，感謝您！